PETIT

TABLEAU DE PARIS.

PETIT
TABLEAU DE PARIS,

POUR 1821.

PAR Mme. DE SARTORY,

Auteur du *Duc de Lauzun*, de *Mademoiselle de Luynes*, etc., etc., etc.

TOME TROISIÈME.

PARIS,

IMPRIMERIE Anthelme BOUCHER,
RUE DES BONS-ENFANTS, N°. 34.

FÉVRIER 1822.

PETIT TABLEAU

DE PARIS (1).

CHAPITRE PREMIER.

Olympia, veuve de lord Sommerset, partit de Londres dans les premiers jours de décembre 1820, pour se rendre à Paris. Née dans le comté de Lincoln, fille du marquis de Richepot, émigré, qui

---

(1) Diverses circonstances ayant retardé l'impression du troisième volume du *Petit Tableau de Paris*, l'auteur a fait insérer des fragmens, pris dans les deux premiers chapitres de ce volume, dans différens écrits périodiques.

avait épousé, en secondes noces, une des
plus riches héritières de la Grande-Bre-
tagne, Olympia appartient à la France
et à l'Angleterre; elle a, si l'on peut s'exprimer ainsi, une double patrie; mais
une éducation toute anglaise, sous le
rapport des sentimens et des habitudes,
la rendoit entièrement étrangère aux
mœurs et aux usages de la France. Cependant, loin de se sentir prévenue contre
elle, Olympia écoutoit avec le plus vif
intérêt les récits qu'on lui faisoit de Paris, et elle nourrissoit en secret le desir
de voir ce beau séjour, cette ville superbe,
que sa jeune et brillante imagination lui
peignoit des plus belles, des plus riantes
couleurs.

Un événement imprévu et malheureux
favorisa bientôt ce desir. Une mort subite
enleva lord Sommerset. Cette perte affli-
gea vivement Olympia, sa santé s'altéra,
et les médecins, inquiets pour sa poitrine,
lui conseillèrent, à la fin de son deuil, de

changer d'air, et d'aller passer le reste
de l'hiver en France.

Il fut convenu que lady Sommerset
demeureroit à Paris, chez la comtesse de
Bagneux, sa sœur du côté paternel.

Plus âgée qu'Olympia de douze années, cette dame est le fruit d'un premier mariage du marquis de Richepot
avec une française. Madame de Bagneux
n'a jamais quitté Paris; ses parens, en
émigrant, la confièrent à Madame de
Martigues, sa tante, qui la maria au
comte de Bagneux, et lui laissa en mou-
rant une fortune considérable.

L'accueil rempli de tendresse qu'Olympia reçut de sa sœur, la toucha vivement.
Comme on avoit beaucoup vanté à Madame de Bagneux la beauté de lady Sommerset, elle l'examina avec curiosité. On
sait que cette curiosité n'a rien d'embarras-
sant quand elle résulte de l'intérêt; elle a
même quelque chose d'obligeant lorsque la
femme qui en est l'objet est jeune et jolie.

Après l'examen le plus sévère, Madame
de Bagneux trouva que sa sœur avoit des
yeux charmans, un teint éblouissant, une
taille svelte et élégante, mais qu'elle avoit
l'air fort gauche. Madame de Bagneux appeloit ainsi un maintien timide et embar-
rassé, mais qui s'accordoit cependant parfaitement avec cette expression de modestie et de simplicité qui embellissoit
tous les traits d'Olympia.

Ma sœur, dit Madame de Bagneux, en
entrant le matin dans la chambre de lady
Sommerset qui venoit de se réveiller, je
viens vous proposer une chose fort pressée;
c'est de vous faire habiller. Vous parois-
sez surprise!... vous croyez peut-être
qu'on sait aussi bien se mettre à Londres
qu'à Paris? — Je n'ai point encore d'o-
pinion à cet égard, répondit Olympia en
souriant, mais comme je n'ai aucun desir
de plaire.... C'est fort bien, interrompit
la comtesse, mais il ne faut pas déplaire.
Comment, je déplairois, reprit lady Som-

merset, parce que je ne serois pas habillée
à la mode de Paris? quelle mauvaise opinion vous me donnez des Français! —
Vous avez tort : se faire remarquer par
de la bizarrerie dans son costume, est
une singularité qui n'a point de grâce ;
croyez-moi, ma sœur, cette manière d'exciter l'attention, de fixer les regards, est
peu desirable pour les femmes. Je vous
apporte la liste de mes ouvriers ; ils doivent se rendre ici ce matin ; confiez, sans
hésiter, à leurs mains habiles le soin de
vos ajustemens; voyez-les, causez avec
eux, et dans peu de jours vous pourrez
avoir une connoissance parfaite de nos
modes. Quant au goût, ajouta-t-elle d'un
air fort sérieux, le temps et une étude
profonde pourront seuls vous le donner.
Cette pédanterie frivole fit légèrement
sourire lady Sommerset.

Madame de Bagneux dit ensuite quelques mots obligeans à sa sœur, sur le desir qu'elle avoit de lui rendre sa maison

agréable. Je reçois beaucoup de monde,
continua-t-elle; nous avons adopté l'usage
de nos voisins; nos réunions ne sont plus
que des cohues : cela n'empêche point
d'avoir pour l'intimité un cercle d'amis.
Les jours consacrés à la conversation, on
les réunit chez soi; car il est facile d'imaginer que dans des assemblées fort nom-
breuses, il ne peut jamais être question
des agrémens de l'esprit; rien de ce qu'on
y dit ne sort du cercle ordinaire des propos indifférens. Parmi mes amis je compte
plusieurs hommes de lettres; je vous avoue
que je préfère leur société à toute autre;
ils ont un langage si pur, si élégant, si
harmonieux ; j'admire surtout la forme
sous laquelle ils me présentent souvent
mes propres idées : l'esprit a un grand attrait pour moi; aussi jamais il n'a été plus
à la mode, il est devenu aujourd'hui une
véritable passion. — En l'estimant, répondit Olympia, on prouve qu'on en a
soi-même. — Ou du moins on le fait

croire, répliqua la Comtesse en riant, et
pour beaucoup de personnes cela revient
à-peu-près au même.

Dans la conversation, Olympia demanda à sa sœur si la broderie d'un joli fichu
jeté avec grâce sur son cou, étoit son ouvrage.—Je ne m'occupe jamais de ce qu'un
autre peut faire pour moi, cela n'entre pas
dans mes principes, répondit Madame
de Bagneux d'un ton grave. — Ainsi, ma
sœur, vous ne travaillez jamais à aucun
ouvrage de femme? — Comment en trou-
verais-je le moment? à peine ai-je assez
de loisir pour lire, pour cultiver ma mémoire. Croyez-moi, sans l'exercice, l'esprit devient paralytique comme le corps;
en vivant toujours sur son ancien fonds,
on n'est plus en harmonie avec l'esprit
du jour. Nous devons sans cesse augmenter notre instruction, chercher à acquérir
des idées nouvelles, apprendre à bien
parler des objets qu'on traite dans la société: voilà, à mon avis, les seules occu-

pations dignes d'une personne pensante;
voilà ce que j'appelle enfin un bon em-
ploi de son temps.

Avant de quitter sa sœur, Madame de
Bagneux lui dit que voulant commencer
par lui faire connoître ses amis les plus intimes, elle les avoit invités à dîner. Ce
sont des gens de mérite et d'esprit, ajouta-t-elle, et sur lesquels je puis entièrement compter. Sans doute il ne faudroit
point en exiger un dévouement qui allât
jusqu'à l'héroïsme, mais je puis être sûre
du moins qu'aucun ne dira du mal de
moi, et même qu'ils me défendront en
mon absence. — Quel effort! s'écria Olympia en souriant. — Si vous connoissiez la
société de Paris, ma sœur, reprit Madame
de Bagneux, vous sauriez que c'est beaucoup, car on croiroit que la perfidie et la
méchanceté se sont naturalisées parmi
nous; on s'aime, on se hait; on s'embrasse,
on s'égorge. Au reste, la calomnie, à force
de s'étendre, à force d'être exagérée, ne

fait presque plus de tort; chacun est in-
téressé à la mépriser, puisqu'on dit du mal
de tout le monde.

La chambre d'Olympia fut bientôt rem-
plie d'une foule de marchands et d'ouvriers. Que de gens à Paris qui cherchent
et trouvent la fortune, en consacrant leurs
soins et leurs veilles à étudier l'art de parer
et d'embellir les femmes ! Ils travaillent
sans cesse à découvrir de nouveaux moyens
pour rehausser leurs attraits, et il faut
convenir que souvent ils réussissent à
préserver les charmes de la beauté d'une
destruction trop rapide. Mais Olympia,
brillante de jeunesse et de fraîcheur, auroit tort de recourir à ces ressources ca-
chées, à ces mystères incalculables de la
toilette; elle ne doit rien substituer à la
nature, elle ne pourroit qu'y perdre : pour
faire éclater toutes les grâces de son visage,
et pour n'avoir rien à envier aux femmes
les plus recherchées et les plus à la mode,

elle n'a besoin que de goût et d'une élégante simplicité.

Lorsque lady Sommerset se trouva seule, elle éprouva une sorte de tristesse et d'abattement. Des liens secrets nous attachent aux lieux où nous sommes nés; nous pouvons y vivre sans plaisir, mais nous ne pouvons pas les abandonner sans regrets. L'aspect d'un pays inconnu, d'une ville étrangère, de visages avec lesquels on n'est point encore familiarisé, resserre, attriste l'âme; on se trouve dans une solitude affreuse au milieu du monde.

L'éducation avoit parfaitement développé dans Olympia l'esprit de jugement; mais il ne suffit point pour comprendre au premier abord le charme de Paris, et elle ne pouvoit pas deviner encore que cette ville est, pour ceux qui savent y vivre, la source d'une multitude d'idées, de jouissances, de sensations nouvelles. Lady Sommerset s'efforçoit toutefois de

surmonter cette impression involontaire;
la raison le vouloit, et Olympia étoit accoutumée à toujours lui obéir; mais quand
bien même elle auroit voulu nourrir plus
long-tems des sentimens de tristesse et de
regrets, en eût-elle été la maîtresse? La société de Madame de Bagneux est une des
plus brillantes de Paris, et Olympia, pour
plaire à sa sœur, fut obligée de se livrer
au torrent d'une dissipation extrême. On
peut détester, mépriser le monde lorsqu'on le connoît bien; mais peut-il paraître insupportable et odieux à une femme
de vingt-deux ans, belle, riche et libre,
surtout lorsqu'elle y est l'objet d'une admiration générale? Lady Sommerset éprouva donc cette sorte d'enivrement, dont la
femme la plus raisonnable a peine à se
défendre; mais on pouvoit observer qu'au
milieu de ses succès, Olympia conser-
voit ses grâces simples et naïves, son
maintien modeste et timide; en la voyant

à côté de sa sœur, il est facile de remarquer que l'une a le desir de plaire, et
l'autre la crainte de déplaire.

A trente-quatre ans une femme peut
sans doute encore être fort belle, mais rarement elle est jolie. Madame de Bagneux
a seule ce privilége ; on la trouve jolie,
et elle l'est effectivement. Il est vrai qu'on
ne la voit jamais qu'avec la toilette la plus
fraîche, la plus élégante, et il ne faut
point s'imaginer que cette recherche excessive soit une chose à dédaigner dans
le monde : que de femmes n'y sont re-
marquées, citées, enviées que pour leur
parure ! Lorsqu'elle réunit la richesse à la
variété et au bon goût, il est certain qu'elle
attire de la considération et des politesses.
Les personnes les plus raisonnables, les
moins vaines, paient ce tribut au luxe et à
la mode. Madame de Bagneux possède encore plusieurs autres avantages ; et malgré un certain accent haut et interrogatif,

on lui trouve du charme et de la grâce dans les manières et dans l'esprit ; elle a surtout cette vivacité de sensation que tant de gens prennent pour de la sensibilité ; avec cela légère, aimable, brillante dans un cercle, on la voit au milieu de son salon rempli de monde, agir, parler avec la même aisance que si elle étoit entourée d'un petit nombre d'amis intimes. Peut-être cette parfaite assurance prend sa source dans un fond d'amour-propre inépuisable. L'expérience a bien appris à Madame de Bagneux à voir les autres sans illusions, mais non à se juger sans partialité. Orgueilleuse de sa beauté, de son esprit, de toutes ses qualités personnelles ; accoutumée à recevoir les plus brillans hommages ; familiarisée avec les succès les plus éclatans, sa vanité excessive fait qu'elle croit impossible qu'on puisse avoir le moindre avantage sur elle ; cette conviction est si intime qu'elle la

préserve de l'envie, et, à quelques excep-
tions près, elle loue assez volontiers les
autres femmes, et même sans mêler à ses
éloges des restrictions trop perfides.

CHAPITRE II.

A Paris, le premier jour de l'année ressemble à un beau jour de fête ; la joie brille sur tous les visages ; il semble que chacun soit dans une attente agréable. En effet, ce jour est consacré au sentiment et à la libéralité ; c'est le moment où l'on peut faire un don sans blesser l'amour-propre le plus délicat : que d'actions généreuses se déguisent sous le prétexte d'une attention d'usage !

Madame de Bagneux proposa à sa sœur d'aller voir les boutiques avant le dîner. Les magasins offraient un coup-d'œil charmant ; le goût exquis avec lequel les marchandises étaient étalées, donnait aux bagatelles les plus insigni-

fiantes un éclat et un air de nouveauté
fort séduisant. On ne peut pas s'empêcher de sourire en regardant ces créa-
tions du luxe et de la mode; on admire
les grâces que le génie de la frivolité sait
donner à tous ces joujoux des grands enfants. Tout le monde donne des étrennes
à Paris; le riche, le pauvre, l'avare; rien
ne peut dispenser d'obéir à cette vieille
coutume. C'est une branche de commerce
intérieur fort importante; cela n'empêche point les marchands de gémir, de
protester *qu'ils ne font rien*; que le commerce est anéanti; que jamais les affaires
n'ont été plus mal, etc., etc., etc.; mais
ces propos ne peuvent point inquiéter,
lorsqu'on voit que la plupart de ceux qui
ont la manie de se plaindre depuis vingt-
cinq ans, font sans cesse des embellisse-
ments dans leurs magasins, devant lesquels ils exposent pour enseignes des ta-
bleaux qui orneraient le salon d'un riche
particulier. Enfin tous ces marchands, en

déplorant les malheurs des tems présens, prospèrent et s'enrichissent avec une rapidité étonnante.

En arrivant chez elle, Madame de Bagneux trouva plusieurs personnes qu'elle avait invitées à dîner. On ne parla d'abord que des boutiques et des étrennes : la cheminée, les consoles, les tables étaient couvertes de choses précieuses et agréables. Par ces présens, sans connaître ceux qui les avaient faits, on aurait presque pu juger du caractère, de l'âge, de la fortune de chacun. Par exemple, un esprit un peu pénétrant devinera facilement que cette lourde cassolette en vermeil a été donnée par un parent riche, mais paresseux et indifférent, qui ne craint point de prodiguer l'argent, mais qui redoute la peine de choisir lui-même les présens qu'il veut faire; il charge de ce soin un ami subalterne qui manque de tact et de goût. On ne fera point ce reproche à celui qui a offert ces deux beaux vases de porcelaine; ils sont ornés par des peintures qui représentent des vues du château de Bagneux, parfaitement exécutées; mais fussent-elles peintes médiocrement, on les trouveroit encore charmantes : un bosquet qui nous appartient charme plus nos regards que les superbes jardins de Versailles. Et puis, quels soins, quelles peines n'a-t-il pas fallu prendre pour préparer cette surprise! Rien n'est plus rare à Paris que de trouver des personnes qui s'occupent de nous long-temps d'avance; ceux même à qui les vingt-quatre heures pèsent souvent beaucoup, n'en trouvent point le temps. La solidité de l'âge a présidé à l'achat de ce beau manchon de martre-zibeline; et ces jolis écrans prouvent qu'il ne faut point être riche pour donner une chose utile et agréable. Quant à ces livres aussi bien choisis que magnifiquement reliés, ils indiquent à coup sûr un ami spirituel et sage.

Depuis plusieurs années, on peut remarquer que l'usage de donner des livres
a prévalu, et on ne peut trop y applau-
dir; mais c'est surtout aux jeunes personnes à qui il faut faire ces sortes de pré-
sents. Le meilleur conseil qu'on puisse
leur donner, est sans contredit de les engager à orner leur esprit dans l'âge où
leur beauté croît encore avec les années,
pour l'époque où elle ne fait plus que
décliner. Beaucoup de femmes se plai-
gnent de leur mémoire, sans penser que
c'est faute de la cultiver qu'elle est ingrate;
car, pour retenir quelque chose, il faut
que les faits trouvent déjà des idées ana-
logues.

Dites-moi, Madame, est-ce par courage ou par frivolité, demanda Palmène,
en s'adressant à Madame de Bagneux,
que nous fêtons un jour qui nous montre
chaque année de plus près une perspective toujours moins agréable, à mesure
que nous en approchons? — Rire et s'a-

muser me paraîtra, dans tous les temps
infiniment plus sage que réfléchir et sou
frir, répondit la comtesse; cette faço
d'être s'accorde si parfaitement avec l
brièveté de la vie. — Sans répondre di
rectement à ma question, Madame, c'e
la résoudre, et en même temps faire l'é
loge de notre raison, reprit Palmène. —
Dites donc de notre légèreté, s'écri
Belfond; car, pour cette pauvre raison
on la méconnaît tous les jours davantage
on ne la regarde plus que comme un
vieille pédante ennuyeuse; et, sans se
perdre dans de folles exagérations, je
crois qu'on peut assurer que maintenant on s'imagine ne pouvoir être piquant et original qu'en s'élançant hors de
la sphère de toute idée raisonnable. —
Et il faut avouer, interrompit Palmène,
que nous n'avons pas gagné en politesse
et en aménité ce que nous avons perdu
en jugement. J'ai lu ce matin quelques
pamphlets politiques où la critique se

montre sous la forme la plus grossière;
ces messieurs oublient que jamais, même
lorsqu'il s'agit des opinions les plus opposées, il n'est permis de manquer de
grâce et de bon goût quand on écrit en
français; c'est une loi légère en apparence, et despotique au fond. — La
guerre que les partis se sont déclarée, dit
Madame de Bagneux, demanderait beaucoup de gaîté et d'agrément dans l'esprit,
de légèreté dans le style, de finesse dans
les pensées; mais, de tous les côtés, on
ne voit qu'un débordement d'épithètes
injurieuses, mêlées de traits lourds et d'é-
pigrammes sans sel. Pour moi, je trouve
que cette manière de censurer, loin de
plaire et d'être utile, n'a que le triste don
de paraître déplacée et ennuyeuse. —
En général, tous ceux qui écrivent veu-
lent s'établir aujourd'hui juges des actes
du gouvernement, reprit Palmène; c'est
la maladie du siècle; bien différents en
cela des grands écrivains du siècle de

Louis XIV, qui, aussi simples que modestes et respectueux envers ceux qui les gouvernoient, se renfermoient dans leur sphère, sans jamais penser que leur talent et leur esprit dussent régenter la France. Ils n'aspiroient qu'à mettre de la justesse dans les idées, de la méthode dans les raisonnemens, de la noblesse dans les images, de l'élégance dans la diction; ils étoient bien éloignés de se croire des *puissances redoutables*; mais aujourd'hui le plus petit garçon écrivain s'arroge le droit de morigéner les rois et leurs ministres; le plus petit écolier se croit un homme d'état. Quelle absurdité! Heureusement pour ces grands politiques, nous manquons d'un Boileau; quel tableau il nous aurait fait à la vue de tant de ridicules, de folies et d'extravagance. — J'admire beaucoup le génie de Boileau, dit M. de Bagneux, mais je crois qu'à l'époque où il faisait des vers, on avait l'art d'écrire, mais point l'art de

penser. Cette opinion eût sans doute
été vivement combattue si la conversation
n'avoit point été interrompue par le
maître-d'hôtel qui annonça que le dîner
était servi.

Le Comte de Sénécé, de retour depuis
peu de jours d'un voyage en Italie, offrit
la main à Lady Sommerset, et se plaça à
table à côté d'elle. Frappé de la beauté,
ébloui des grâces d'Olympia, il la con-
temple avec admiration , et ne cherche
point à dissimuler l'attrait puissant qui
l'attire vers elle.

Désabusé de tout, Sénécé n'a plus d'illusions; il lui reste bien encore des desirs
vagues, mais auxquels depuis long-tems
rien ne pouvoit plus suffire. Personne ne
connoît mieux que lui l'art de tirer parti
de l'immoralité. Aux manières les plus
distinguées, il sait joindre de la hauteur
et de l'impudence; sa politesse même est
revêtue des formes de l'impertinence et
du dédain, lorsqu'il croit pouvoir se li-

2..

vrer impunément à son penchant à l'ironie et à l'insolence. Quoique généralement
méprisé, il est reçu dans plusieurs bonnes
maisons de Paris : comment cela seroit-il
autrement? il fait beaucoup de dépense ; il
aime l'élégance et le luxe, les arts et la littérature; il parle de tout avec grâce; accom-
pagnés d'un si brillant cortége, les vices
ont, aux yeux du monde, un éclat qui cache une grande partie de leur difformité.

Les intérêts politiques sont un objet constant de conversation en Angleterre; même aux heures des repas, les
Anglais ne cessent de s'entretenir de ce
qui les touche uniquement ; quoique
nous nous soyons beaucoup rapprochés
de ce côté-là du goût de nos voisins, il
existe cependant encore des sociétés à
Paris, où, pour se délasser, on cause quelquefois à l'ancienne mode française, et
cette fantaisie prit ce jour-là aux personnes
qui dînaient chez Madame de Bagneux. Ce
fut un genre d'amabilité tout nouveau
pour Lady Sommerset; long-temps les pro-

pos ne portèrent que sur des riens; la grâce des expressions en faisoit presque tout le charme; ensuite la littérature, les spectacles, les anecdotes sur les gens d'esprit d'autrefois, donnèrent lieu à des observations aussi ingénieuses que spirituelles. Palmène cita l'abbé Mauri comme un des hommes qui contoit le plus agréablement; il s'amusoit souvent, ajouta-t-il, à nous parler des divers traits d'avarice d'un homme de sa connoissance. Le rencontrant un jour à la promenade, l'abbé lui dit : Mon cher Baron, que vous est-il donc arrivé? vous avez l'air triste et soucieux. — Ah ! la vie m'est à charge depuis que l'abbé Terray a supprimé les tontines; autrefois je me levois le matin, j'allois aux Tuileries, je demandois les affiches, je voyois les morts, j'y trouvois quelqu'un de ma classe: c'étoit quinze francs, trente francs de rente que j'avois gagnés, c'étoit un plaisir pour toute la journée; ensuite j'allois dans les rues, je trouvois un en-

terrement, je demandois : de qui est-il?
c'étoit justement quelqu'un de ma classe.
A présent je rencontrerois quarante enter-
remens sans demander seulement de qui ils
sont; je n'ai plus de goût à rien. — Je com-
pare un avare, dit Madame de Bagneux,
à un homme qui a la propriété de l'argent,
et qui n'en a pas la jouissance. — Il jouit
par l'imagination, reprit Palmène; il est
heureux. — Heureux ! s'écria la Comtesse;
placer dans le cœur d'un avare le bonheur,
ah ! c'est profaner jusqu'à son image.

On parla de bonheur. Les uns, dit Palmène, prétendent le trouver dans les
plaisirs de l'esprit; d'autres dans les combinaisons de l'égoïsme; plusieurs dans
des calculs plus rétrécis encore. Madame
de Staël assure que l'enthousiasme est de
tous les sentimens celui qui donne le plus
de bonheur, le seul qui en donne véritablement, le seul qui sache faire supporter
la destinée humaine dans toutes les situations où le sort nous a placés; et M. de

Châteaubriant dit qu'il n'a point encore rencontré d'homme qui n'ait été trompé dans ses rêves de félicité, point de cœur qui n'entretienne une plaie cachée. Le cœur le plus serein en apparence, ajoute-t-il, ressemble au puits naturel de la Savane Alachua : la surface en paroît calme et pure; mais lorsque vous regardez au fond du bassin, vous apercevez un large crocodile que le puits nourrit dans ses eaux.

Le long silence qui succéda à ces paroles fut enfin interrompu par Belfonds. Vous venez de prononcer, dit-il, le nom d'une femme que j'ai beaucoup connue, et dont la perte n'a peut-être pas été sentie généralement comme elle auroit dû l'être. Madame de Staël avoit sans contredit le genre d'esprit qui donne la véritable supériorité; son âme animoit son esprit ; toutes ses pensées venoient du cœur: elle s'est constamment élevée contre le scepticisme moqueur qu'on a vu naître et s'étendre depuis cent ans, et qui a prodigué tous

les genres d'ironie à la religion, à la sensibilité, à la morale. Heureusement, me
disoit-elle quelquefois , le piquant des
plaisanteries contre ce qui est bon, noble
et divin, est usé; et l'on ne rendra désormais quelque jeunesse à la race humaine
qu'en retournant à la religion par la phi-
losophie, et au sentiment par la raison.
On sait, continua Belfonds, combien Madame de Staël aimoit la France et surtout le
séjour de Paris : « Je compte mes printems
par mes hivers, disoit Mlle. Necker à l'âge
de quinze ans, en parlant de son goût
pour Paris. » En être bannie lui a toujours
paru la persécution la plus cruelle (1).

---

(1) « On me tourmenta dans tous les intérêts de ma
vie , dit Madame de Staël , dans tous les points sensibles
de mon caractère , et l'autorité condescendit à se donner
la peine de me bien connaître pour mieux me faire souffrir. »

Plusieurs de ses amis ont regardé son exil comme une
des causes de sa mort prématurée.

Après qu'on se fut levé de table, on continua de causer ; chaque fois qu'on paraissait vouloir entamer des matières politiques, Madame de Bagneux arrêtait à tems la discussion, en donnant, par des transitions adroites et délicates, une autre direction à la conversation. Ce talent n'est guère connu que des femmes de Paris, qui ont l'habitude de recevoir beaucoup de monde.

Jamais Sénécé n'avait montré plus de desir de plaire ; mais ce fut en vain qu'il déploya tous les charmes de son esprit, Olympia y parut fort insensible. Etonné de ne produire aucun effet sur Lady Sommerset, Sénécé chercha à deviner la cause d'une indifférence qui lui paraissait si étrange ; car enfin, se dit-il en lui-même, toute la réserve et toute la modestie imaginables n'empêchent point une femme de se laisser entraîner involontairement lorsqu'elle est touchée ; et il ne

2...

faut point me le dissimuler, je n'ai fait
aucune impression sur cette belle Anglaise; apparemment qu'elle ne sait point
encore assez le français pour me comprendre.

CHAPITRE III.

S'il est vrai, comme dit Fontenelle, que, pour le bonheur, il faille tenir peu d'espace et changer peu de place, Madame de Bagneux est assurément une des personnes les moins heureuses de Paris, car aucune n'éprouve plus impérieusement le besoin des vives secousses et du mouvement de la dissipation. Ne pourrait-on pas assurer que ce désir perpétuel de se transporter d'un lieu dans un autre n'est qu'un dégoût constant de tout? On veut s'armer contre l'ennui, contre cette maladie cruelle et incurable des gens riches et désœuvrés; on se jette dans le tourbillon des plaisirs, et on leur sacrifie souvent des devoirs auxquels on

ne manquerait pour aucun intérêt d'ambition et de fortune. Un matin, Madame
de Bagneux proposa à sa sœur de courir
les boutiques pour faire des emplettes.
En passant sur la place Vendôme, la
comtesse voulut s'arrêter chez Nitôt,
joaillier. Il y avait beaucoup de monde
dans le magasin. Le grand chapeau et le
grand manteau qui enveloppoit Lady
Sommerset ne purent dérober ses attraits
ni effacer ses grâces; sa beauté inspira un
vif sentiment d'admiration, qui se manifesta par un murmure flatteur d'approba-
tion. Nous avons déjà remarqué qu'Olympia est fort timide; elle tint constamment
les yeux baissés, et sa modestie feignit de
ne point s'apercevoir de la sensation qu'elle
excitait. Pour mieux cacher son embarras,
elle prit sur le comptoir une belle chaîne
d'or, artistement travaillée, et elle eut l'air
de l'examiner avec attention; elle la tour-
nait autour de son bras, de ses doigts; elle
la passa même à son cou, comme pour me-

surer si elle avait la longueur convenable.

Cependant peu à peu la foule s'écoula ;
Madame de Bagneux oublioit l'heure en
marchandant, dans une pièce voisine, des
boucles d'oreilles en émeraudes, et il ne
restoit plus dans le magasin que Lady
Sommerset et deux hommes, dont le plus
jeune dit à l'autre : il est tard ; partons,
Madame de Surville nous attend ; vous
lui avez promis d'être chez elle de bonne
heure, vous connoissez son impatience.
Celui à qui s'adressoient ces paroles se
tenoit à moitié appuyé sur le bord d'une
table ; il contemploit Olympia, et ses yeux
et son cœur sembloient errer sur toute sa
personne. Sans répondre à son ami, sans
détourner un instant les regards, il récita
tout haut deux vers anglois de Pope, qui
signifient : « Non, le murmure de l'onde,
le chant mélodieux du rossignol, rien
n'est si doux que l'objet qui s'offre à mes
regards surpris et enchantés. »

Ces vers prononcés avec un accent très

pur et d'une voix émue, frappèrent Lady
Sommerset; elle leva ses beaux yeux, et
ils rencontrèrent ceux de l'étranger. Leur
expression la troubla; elle détourna la
tête, et baissant aussitôt son voile, elle
posa la chaîne qu'elle tenait encore à la
main, à la place où elle l'avoit prise. L'é-
tranger l'acheta sur-le-champ sans marchander. — Vous avez payé cette chaîne
beaucoup trop cher, lui dit le jeune homme à demi-voix.—Non, répondit du même
ton son ami, car elle est d'un prix inesti-
mable à mes yeux. — Alors apprenez-moi
en quoi consiste cette valeur inappréciable;
pour moi, je trouve qu'elle est fort suscepti-
ble d'être estimée.—Je vois que vous ignorez qu'elle a une vertu secrète; cette vertu
n'agit peut-être point sur tout le monde;
c'est un talisman dont il faut savoir se servir. Après l'avoir long-temps contemplé,
il faut l'appliquer sur la bouche, sur le
cœur.... ah! je crois déjà sentir son influence... oui, depuis un instant, je vous

jure qu'il me semble que je viens d'acquérir une âme nouvelle. — Mais quelles
folies dites-vous donc là? — Ce ne sont
point des folies, c'est, je vous le proteste,
la plus exacte vérité.

Olympia demeura surprise! celui
qu'elle croyoit son compatriote, à cause
de la perfection avec laquelle il pronon-
çoit l'anglois, parloit françois sans aucun
accent étranger. Qui peut-il donc être?...
Elle osa le regarder de nouveau, et comme
il avoit les yeux attachés sur le précieux
bijou qu'il venoit d'acheter, Lady Sommerset put considérer ses traits tout à
son aise. Elle crut n'en avoir jamais vu
de plus beaux, de plus nobles; une taille
très élevée et un peu forte étoit en harmonie avec une physionomie qui, sans manquer de douceur, exprimoit cependant
beaucoup de fermeté et d'énergie dans le
caractère.

Olympia fut tirée de sa contemplation
par une voix qui l'appela; elle retourna la

tête, c'étoit Madame de Bagneux qui passant rapidement, saisit le bras de sa sœur et l'entraîna.

Lady Sommerset se laissa conduire avec distraction; mais au bas de l'escalier elle regarda en arrière. On l'avoit suivie. Au moment où la portière du carrosse s'ouvrit, l'inconnu s'avança; Olympia qui se sentit tressaillir, resta un moment immobile; puis s'appuyant légèrement sur le bras qu'on lui offroit, elle se hâta de monter en voiture.

Par un reste de l'émotion extraordinaire qu'elle venoit d'éprouver, Olympia n'osa demander à sa sœur le nom de celui dont le souvenir viendra maintenant malgré elle se mêler à toutes ses pensées, et lorsqu'elle sentit sa voix un peu rassurée, elle fut de nouveau retenue par un embarras et un sentiment de timidité inexplicable. Peut-être aussi avoit-elle remarqué la manière froide et contrainte avec laquelle Madame de Bagneux et l'in-

connu s'étoient dit quelques mots de politesse.

Les jours suivans Sénécé ne s'aperçut
que trop à l'air froid et réservé de Lady
Sommerset, qu'il avoit le malheur de déplaire; mais par amour-propre il feignit
de ne point s'en apercevoir. Sa fierté
n'auroit jamais supporté l'idée de jouer
le triste rôle d'un amant maltraité. Il con-
serva tout le sang-froid nécessaire pour
bien calculer sa conduite. Loin de risquer
un aveu positif de ses sentiments, il se
garda bien de les déclarer; n'exigeant
rien, ne prétendant rien, il ne laissoit
aucun prétexte de se fâcher, de s'opposer
à ses assiduités, à ses soins. Il se flattoit
aussi de décourager ses rivaux, en mani-
festant ouvertement le projet de plaire à
Olympia. Aucun ne pouvoit avoir l'espoir de l'emporter sur celui dont tout le
monde vante le goût, la grâce, la magnificence; sur celui dont toutes les femmes
desirent le suffrage, afin d'établir leur

réputation d'esprit et d'agrémens. Olympia sera-t-elle la seule qui se montrera insensible à la gloire d'être aimée d'un homme si recherché et qui possède si bien l'art de se faire valoir lui-même ? la voilà sur le grand théâtre du monde, seule, abandonnée et sans guide; comment échappera-t-elle à tous les périls qui l'environnent, dans ce séjour dangereux où règnent les plaisirs, l'agitation et toutes les passions tumultueuses de la vanité!

Heureusement pour Lady Sommerset, elle ne faisoit que depuis peu de mois l'essai d'un genre de vie si nouveau pour elle, et le monde n'avoit point encore changé ses goûts, ni subjugué sa raison. Eloignée d'ailleurs par son esprit et son caractère de toute espèce de coquetterie, elle ne connoît point ces vives émotions produites par le plaisir d'exciter la jalousie, l'humeur, le dépit des autres femmes; aussi loin d'être étonnée, éblouie de sa conquête, elle sentoit, par un instinct heu-

reux , une espèce d'aversion naturelle
pour le comte , et elle attendoit avec
impatience l'occasion de pouvoir lui ôter
d'une manière positive toute idée d'avoir
pu lui plaire.

CHAPITRE IV.

Une invitation pour un bal de la part de Madame de Surville ! s'écria la Comtesse au milieu d'un cercle de huit à dix personnes, et jetant avec négligence le billet sur une table, elle ajouta : à quel propos ? je la connois à peine ; mais rien ne doit paroître étonnant de sa part, c'est une femme qui n'a aucun usage du monde, ou le peu qu'elle en a est faux.—Je vous avertis, répondit Madame de Pellport, qui affecte l'étourderie, que c'est une maison mortellement ennuyeuse ; les hommes sont d'une tournure !...les femmes d'une mise !....et tous ces gens ont un ton et des manières !....on ne peut aller là que dans des heures perdues. — Je croyois, dit

Madame de Thesigny, que les réunions de Madame de Surville étoient citées comme le rendez-vous des hommes les plus aimables, surtout les plus instruits, et qu'on regardoit comme une faveur d'y être admis.— Oui, pour ceux qui aiment l'éloquence jusque dans la conversation, répliqua la Comtesse; celle de Madame de Surville est toujours prise de fort haut, et tout ce qu'elle dit est si sublime, que pour être entendue, il faut qu'elle borne son auditoire à un cercle fort rétréci. — Voilà ce qui arrive, reprit Madame de Pellport, lorsqu'on prend un amant d'un génie supérieur. — Madame de Surville un amant ! s'écria un jeune homme ... . — Comment, vous ignorez qu'on dit partout que le vicomte de Né-révil est son amant ?— Il est possible qu'on le dise, répliqua le jeune homme, mais je suis bien convaincu que jamais on ne l'a pensé. — Allons, je vois que dans votre enthousiasme vous allez vanter jusqu'à sa vertu ; voilà pourtant ce qu'on gagne à affecter de la pruderie. —Mais Madame de Surville ne s'est fait prude, dit d'un ton aigre la vieille marquise de Sainclair, que pour se remettre dans l'esprit de M. de Surville, qui a trouvé fort mauvais le bruit qu'a fait sa liaison avec le vicomte ; elle sait qu'une réputation de rigidité une fois bien établie, oblige un mari à une sorte de respect et de confiance dont il n'ose s'écarter, à moins de s'exposer à un blâme général. — Ne pourroit-on pas comparer une femme âgée et méchante à un rosier sans feuilles et sans fleurs, et qui n'a plus que des épines.

On partit de là pour faire une ample critique de beaucoup de personnes de la société ; on parla une espèce de jargon inintelligible lorsqu'on n'en a pas la clef ; des petits faits, des moqueries minutieuses devinrent l'unique sujet de la conversation, qui parut bientôt aussi rebutante que fade à Lady Sommerset ; elle

quitta le salon, décidée à se renfermer le
reste de la soirée dans sa chambre; elle
avoit d'ailleurs besoin de se recueillir.

Sous un extérieur froid et timide,
Olympia cache un esprit très étendu et
beaucoup d'instruction; non-seulement
elle a lu un grand nombre d'excellents
auteurs anglois, mais elle joint à ce mérite
celui de pouvoir les comparer avec les
productions de nos meilleurs écrivains.
On avoit fait entrer dans le plan de son
éducation une étude approfondie de la
littérature française. De tous les livres
modernes, les ouvrages de M. de*** (que
nous désignerons sous le nom de vicomte
de Nérivil) excitoient particulièrement
l'attention de Lady Sommerset; elle ne
pouvoit les lire sans éprouver une émotion
profonde; elle étoit sensible à un style
plein de grâce et d'harmonie, à la force,
à la justesse des raisonnements, à la finesse
des observations; mais ce qui la charmoit le
plus, étoient un langage et des pensées qui

alloient jusqu'au fond de son âme. Souvent pendant ses rêveries les plus intéressantes, elle s'étoit fait de la figure de Nérivil une image vague ; cette image n'étoit point parfaitement belle, mais c'étoient les traits, la physionomie, le regard qui lui plaisoient d'après sa manière de sentir.

Depuis la rencontre qu'elle avoit faite chez le bijoutier Nitot, elle attachoit, sans savoir pourquoi, au nom de Nérivil la figure de cet inconnu. Au milieu de l'extrême dissipation où elle vivoit, elle n'avoit point cessé un moment d'éprouver la plus vive curiosité de savoir qui il étoit; chaque fois que les portes d'un salon s'ouvroient, elle avoit l'espoir de le voir entrer, c'étoit un supplice pour elle d'ignorer jusqu'à son nom ; mais lorsqu'elle vouloit le demander à sa sœur, un mouvement de timidité invincible lui fermoit toujours la bouche.

Cependant, qu'on n'aille pas imaginer qu'Olympia soit une personne roma-

nesque, ni qu'elle ait cette fausse exaltation si justement ridiculisée , parce
qu'elle ne voit, parce qu'elle ne juge rien
avec vérité. Non, Lady Sommerset n'é-
prouve de l'admiration que pour ce qui
est vraiment digne d'en inspirer; l'activité
de son imagination ne vient que de sa
profonde sensibilité; son cœur bat pour
tout ce qui est généreux et élevé, et son
enthousiasme pour les chefs-d'œuvre de
l'esprit et de la pensée, est précisément
ce qui la préserve de l'ascendant de ces
sentiments vulgaires de ridicule vanité,
d'envie et d'égoïsme, qui portent des
atteintes si mortelles à notre dignité
morale.

CHAPITRE V.

On pardonne à une femme d'être médiocre, même ennuyeuse ; mais on ne lui
fait point grâce lorsqu'elle a l'audace de
se montrer supérieure. Les critiques qu'on
fait de son esprit, sont dépourvues de
raison, les accusations contre sa conduite
manquent de preuves ; n'importe, on sait
que la société s'amuse de la malignité,
même alors qu'elle en reconnoît l'injustice ; et on est sûr de déplaire en admi-
rant, et de plaire en dénigrant : c'est souvent le seul succès que puissent obtenir
certains esprits.

On auroit une idée bien fausse de celui
de Madame de Surville, si on le jugeoit d'a-
près ce qu'en disent des femmes envieuses
de sa jeunesse et de sa beauté. Madame de

Surville est naturelle, franche; ses idées sont justes, sa conversation est brillante, et on trouve dans son caractère et dans son entretien les mêmes grâces qu'on remarque dans sa personne. Quoique naturellement communicative, elle a une discrétion parfaite. Comme elle joint au goût de la société l'amour des beaux-arts, elle reçoit les gens du monde, les gens de lettres et les artistes. Tous ceux qui la connaissent, savent que si elle a une figure à inspirer de l'amour, elle a une conduite qui ne laisse espérer que de l'amitié. Depuis plusieurs années rien n'avoit pu altérer un instant l'habitude et l'innocence de celle qu'elle ressentoit pour le vicomte de Nérévil.

A la suite d'un grand événement politique, des circonstances particulières et cruelles avoient causé à Nérévil des chagrins violents et profonds; le tems avoit calmé peu à peu sa douleur, mais il étoit resté indifférent à tous les plaisirs, il

3..

croyoit que désormais l'émotion de la
joie ne pourroit jamais retrouver accès
dans son cœur, qu'il ne pourroit jamais
plus goûter aucune de ses illusions; enfin
il ne tenoit plus à l'existence que par un
sentiment profond de dégoût et d'ennui,
et il se trouvoit souvent plus isolé au milieu de Paris qu'il ne l'avoit été sur une
terre étrangère. Bien que dans cette disposition il mettoit peu d'intérêt à voir
la société; il consentit cependant à se faire
présenter chez Madame de Surville, et il
ne tarda point à connoître de quel prix,
même dans la vie dissipée du grand monde, est l'attachement d'une femme aimable et sensible. Insensiblement, et
presque sans s'en apercevoir, il se rat-
tacha à l'existence, et son âme, si long-
temps opprimée par la tristesse, commençoit à se rouvrir à tous les sentimens
heureux, lorsque le hasard lui fit rencon-
trer Lady Sommerset. Ébloui de sa beauté,
frappé surtout de l'expression divine de

ses yeux, le premier instant le subjugua,
et quoiqu'il a naturellement quelque chose
de froid et de retenu dans le caractère
et les manières, il ne put dissimuler ce
qu'il éprouvoit. On a vu comment d'a-
bord, et sans y penser, il trahit, malgré
lui, le secret de son cœur.

Cependant des réflexions pénibles vin-
rent bientôt se mêler à ses transports ;
Nérévil nourrissoit depuis long-tems un
éloignement invincible contre Monsieur
et Madame de Bagneux, et il crut voir
dans ce sentiment un obstacle insurmon-
table aux vœux qu'il osoit former. Alors
il conçut le projet d'oublier Olympia; il
veut se condamner à ne plus la revoir ;
mais cette résolution bouleverse son âme,
et souvent saisi tout-à-coup par la passion, il erre des nuits entières autour de la
demeure de Lady Sommerset: cependant
comme au milieu de ce combat entre son
cœur et sa raison, son amour acquérait
chaque jour de nouvelles forces, il de-

meura bientôt convaincu qu'il décideroit
malgré lui de sa destinée.

Depuis que Nérévil a renoncé au dessein de combattre sa passion, l'incertitude
de voir Lady Sommerset au bal de Madame de Surville, le jette dans l'anxiété
la plus pénible. Comment, se dit-il, Madame de Bagneux pourroit-elle accepter
l'invitation de Madame de Surville!
elle en dit tant de mal; voudra-t-elle se
montrer inconséquente à ce point? Qu'il
se rassure, Madame de Bagneux n'a pas
hésité un instant d'aller à cette fête, et
aucune considération ne pourra rien
changer à sa résolution. Dans le cercle
des observations journalières qu'on peut
faire dans la société de Paris, on doit
placer comme une des plus remarquables,
ce contraste perpétuel entre les discours
et les actions. On hait une personne et
on l'embrasse; on parle d'elle avec mépris, et on veut aller chez elle; dire et
faire sont deux choses entièrement oppo-

sées, et qu'on n'est pas même obligé de concilier en apparence, car tout le monde se mettant en contradiction , nul n'a le droit de le trouver mauvais.

Jamais perspective de fête n'avoit autant animé l'imagination d'Olympia, et le jour du bal elle n'oublia rien pour paraître avec tous ses avantages. Elle s'étoit levée de bonne heure comme ne pouvant pas trop tôt commencer une journée si agréable. Madame de Surville avoit beaucoup de part à l'agitation qu'éprouvoit Lady Sommerset; il lui paroissoit évident que cette dame étoit liée avec l'inconnu dont le souvenir l'occupoit toujours si vivement; elle alloit donc le revoir..... elle alloit savoir qui il étoit...(1)

Comme Madame de Bagneux ne manque jamais d'arriver très tard afin d'être

_____

(1) On doit se rappeler que le jeune homme qui accompagnoit Nérévil avoit prononcé le nom de Madame de Surville chez le bijoutier.

plus remarquée , elle eut de la peine à
passer à travers la multitude de personnes
qui obstruoient les premières pièces, pour
parvenir jusqu'au salon où l'on dansoit.
Lady Sommerset recueillit sur son passage
les mots.... charmante..... ravissante.....
Mais peu sensible à ce genre de succès ,
et voulant échapper au vain tumulte de
ces applaudissemens , elle suivoit sa sœur
en se hâtant de traverser la foule , lorsque
tout-à-coup elle s'arrêta involontairement
en voyant appuyé contre la porte celui
que ses yeux avoient peut-être déjà cherché en secret. Dans le même instant, Madame de Surville vint au-devant de Madame de Bagneux et de Lady Sommerset;
alors cette dernière entra dans la salle de
bal , les yeux baissés et les joues bru-
lantes d'émotion.

Nérévil ne tarda pas à la suivre; il ne
danse point, mais il chercha à voir danser Lady Sommerset. Familiarisée depuis
son enfance avec l'élégance et la difficulté

des pas de la danse française, la grâce, la
légèreté, la noblesse de ses mouvements,
le charmant habit de bal dont elle était
revêtue, la faisaient paraître plus sédui-
sante que jamais; et c'était bien en la regardant dans ce moment, que sa beauté pouvait rendre vraisemblable à tous les yeux
cette passion allumée par un premier regard.

Plusieurs jeunes gens spectateurs, comme Nérévil, de la contredanse, louè-
rent dans des termes fort exaltés la figure
et les grâces d'Olympia; mais les expressions dont ils se servaient faisaient souffrir Nérévil. Il est des gens qui ne savent
pas même vanter la beauté d'une femme
sans l'outrager; on conviendra que c'est
non-seulement un défaut de bienséance,
mais aussi un défaut de goût. En général, beaucoup d'hommes parlent aujour-
d'hui des femmes avec une légèreté ré-
voltante, et quelquefois avec un mépris
réfléchi; et puis on est surpris d'en trou-

3...

ver qui manquent souvent de modestie,
de délicatesse, et de cette élévation d'âme
qui devroit être pour elles un sentiment
habituel! On marche sur des fleurs, et
on s'étonne ensuite de les voir flétries!

Avec la liberté que l'usage autorise
maintenant dans la société, il fut facile à
Madame de Surville de saisir une occasion de présenter Nérévil à Lady Sommerset. Ce nom, qu'elle desirait connaître avec tant d'ardeur, était précisément
celui qui retraçait à son souvenir les productions du génie et de l'imagination! Il
est facile de concevoir l'effet que cette découverte produisit sur Olympia. Elle répéta le nom de Nérévil d'une voix émue,
rougit, et toutes les séductions de la grâce
la plus ravissante se montrèrent dans ses
yeux et dans son maintien. Nérévil se
sentit vivement heureux, et, adressant la
parole à Lady Sommerset en anglais, il
chercha à lui exprimer toute son admiration sur la perfection de sa manière de

danser. Olympia le remercia par un regard plein de charmes; mais frappée de nouveau de la pureté de son accent, elle manifesta sa surprise, et ajouta qu'il était étonnant que par l'étude seule on ait pu apprendre à parler une langue étrangère avec une prononciation si parfaite. — Un séjour de plusieurs années à Londres m'a familiarisé avec la langue anglaise, répondit Nérévil; pour la première fois, Madame, je me console de ce long exil, puisqu'il me donne l'espoir de vous paraître moins étranger. — Je crois que, sans être compatriote, répliqua vivement Olympia, avec un sourire enchanteur, on peut avoir une patrie commune. C'est surtout lorsque vous me parlerez en français, qu'en vous écoutant je croirai avoir retrouvé une ancienne connaissance.

Au milieu d'un bal, la conversation est nécessairement interrompue à chaque instant, et c'est alors qu'il faut avoir assez de vivacité dans l'esprit pour rédiger ses pensées en peu de mots. Nérévil possède tous les genres d'amabilité, et l'art de ces entretiens rapides et légers ne lui est point étranger. Animé par un desir passionné de se faire remarquer de Lady Sommerset, de fixer ses regards, il se livra tout entier à l'occupation de lui plaire. Sans manquer de mesure ni de naturel, il ne s'occupa que d'elle, et il mit dans sa conduite toute la dignité et la franchise de son caractère.

Madame de Surville avait reçu Olympia avec une grâce et une obligeance remarquables; lorsqu'on servit le souper, elle engagea Lady Sommerset, Nérévil et deux autres personnes à se réunir à elle à la même table. Cette manière de faire servir le souper sur un grand nombre de petites tables, n'offre sans doute pas un coup-d'œil brillant et élégant; mais elle rend une fête infiniment plus gaie et plus

agréable, parce que chacun fait ce qui
lui plaît. Ce n'est plus que par beaucoup
de liberté et une grande indépendance
sociale, qu'on pourra conserver maintenant en France le goût des réunions;
car, sous certains rapports, elles présentent plus de raisons de les fuir que de les
chercher. La société se compose aujour-
d'hui de deux classes, dont les prétendus
droits se trouvent continuellement frois-
sés : l'une a les habitudes que donnent la
naissance et la fortune; l'autre, par de
longs succès, est accoutumée au pouvoir.
Toutes les deux ont des prétentions réci-
proques qu'elles ne déclarent jamais que
par des demi-mots, par des tournures
adroites, souvent par un silence affecté
et un air froid. De part et d'autre on
évite de se heurter, de peur d'être obligé
de céder. Quelle fâcheuse situation ! et
elle durera jusqu'au moment où tous les
rangs, tous les droits, toutes les préten-

tions seront déterminés d'une façon invariable. Assurément, sans rien dire d'inconvenant ou de téméraire, on peut affirmer que cette époque n'est point très prochaine.

CHAPITRE VI.

Le lendemain du bal, Madame de Surville alla voir Lady Sommerset. Desirant
se lier avec Olympia , elle fit tous les premiers frais avec beaucoup de simplicité
et de franchise. Cette visite inspira à Lady
Sommerset des idées auxquelles elle n'osa
point s'arrêter ; mais touchée de ces avan-
ces , elle sentit dès ce moment de l'amitié
pour Madame de Surville, une liaison
intime s'établit promptement, et bientôt
elles devinrent inséparables.

Comme Nérévil s'étoit consacré depuis
long-tems tout entier à la société de Madame de Surville, il pouvait voir chaque
jour Lady-Sommerset sans la compro-
mettre par cette assiduité; situation qui

répandoit un si grand charme sur la vie de Nérévil, qu'il se demandoit souvent si quelque chose pouvoit ajouter à son bonheur. On sait que dans les commencemens d'une passion véritable, la vue seule de l'objet aimé est une source de jouissances inépuisables, sans cesse renouvelées, et qui ne permet point de former un desir de plus.

La conversation de Nérévil est un mélange de tous les genres d'esprit; son génie n'est point renfermé dans la sphère de son talent ; quand on lit ses ouvrages, on sent qu'il tient de la nature le *charme de ses paroles, fait pour enchanter l'imagination des hommes;* quand on l'entend causer familièrement dans un salon, on admire l'intérêt qu'il sait donner aux discours les plus légers, les plus frivoles ; des formes variées et une façon piquante de s'exprimer, donnent alors à son genre d'amabilité un attrait irrésistible. Mais c'est lorsqu'il parle sur un sujet d'un intérêt relevé et général, qu'il captive l'attention par tous les prestiges d'une brillante éloquence. Il est impossible dans ces momens de le regarder sans être frappé de l'inspiration divine qui se peint dans ses yeux ; son accent et son geste ont un pouvoir magique ; cet ascendant agissoit si profondément sur Lady Sommerset, qu'elle avoit de la peine à détacher ses regards fixés sur lui, même après que ses discours avoient cessé.

Un soir Lady Sommerset et Nérévil se trouvèrent dans une assemblée nombreuse ; tout le monde étoit occupé autour de plusieurs tables de jeu ; les uns jouaient, les autres pariaient des sommes considérables. Ce n'est assurément point par stérilité d'esprit qu'on joue avec cette assiduité constante à Paris ; mais peut-être, après tout, c'est la seule façon de prévenir l'ennui que la foule dans les salons fait toujours naître ; ensuite le jeu offre encore l'avantage, dans les grandes réunions, d'esquiver beaucoup de difficultés, et d'échapper à une quantité de formalités d'une fatigue mortelle.

Comme Olympia et Nérévil avoient refusé l'un et l'autre de jouer, ils se trouvoient pour ainsi dire seuls au milieu de cette multitude de personnes uniquement attentives aux différentes chances de la fortune. Un des effets les plus singuliers de l'amour, est de desirer et de craindre de se parler pour la première fois sans témoins. Nérévil éprouvoit une gêne et une timidité qui lui étoient nouvelles; et Lady Sommerset baissoit les yeux avec des marques visibles d'embarras et de souffrance. Nérévil commença plusieurs phrases sans pouvoir les achever ; l'émotion et la crainte lui coupaient la parole; son esprit était tout-à-fait subjugué par le sentiment. Tout-à-coup, soit qu'il perdît l'espoir de trouver assez d'assurance pour peindre avec éloquence ce qu'il sentait, soit qu'il entrevît confusément un projet

qui lui offrait une suite de jouissances ra-
vissantes, il demanda à Olympia si elle
avait déjà vu quelques-uns des édifices
qu'on ne pouvait point s'empêcher de
connaître à Paris? — Lady Sommerset
répondit que, depuis son arrivée, elle n'a-
vait encore vu que la société. — Tout ce
qui en fait le charme est sans contredit
réuni dans celle de Paris, répliqua Nérévil ; dans aucun pays, on ne trouve autant de gaîté et de grâce, des manières
plus séduisantes, et une politesse plus
simple et plus aisée. Ces qualités tiennent
pour ainsi dire au caractère et à l'esprit
de toutes les classes un peu relevées de
Français ; pour être aimables, ils n'ont
besoin que de se livrer à leurs dispositions naturelles ; et il est très vrai qu'après
avoir vécu quelque tems au milieu de certains cercles de Paris, on peut dire connaître dans toute leur élégance les plaisirs
de la société. Cependant elle seule ne

peut point donner une juste idée de toutes les beautés qui caractérisent cette illustre ville, si riche en littérature, en
beaux-arts, en monumens immortels et
somptueux, en institutions utiles et en
plaisirs. Depuis ce siècle à jamais mémo-
rable qui imprima des traces lumineuses
sur toutes les routes de l'esprit humain,
Paris a été constamment la métropole du
monde. Rome et Athènes sont des villes
détrônées. Pour découvrir des rapports
entre l'histoire de leur gloire et de leurs
monuments, il faut étudier sur des débris, il faut consulter des monceaux de
statues mutilées, de colonnes brisées,
de bas-reliefs à moitié détruits; en
France, rien n'a péri, ni la nation, ni les
monuments. Si vous me permettiez, Madame, de vous en montrer quelques-uns,
si vous daigniez m'accepter pour guide
dans les courses que vous ferez, il me sera
facile de vous convaincre que les temps

présens sont dignes des temps qui ont
précédé, et que tous les grands hommes
qui ont ouvert, dans des carrières différentes, la brillante époque du dix-sep-
tième siècle, ont toujours eu d'admira-
bles successeurs.

Lady Sommerset aurait vainement
cherché à dissimuler le plaisir que lui fit
cette proposition imprévue ; elle n'hésita
pas un moment à l'accepter, et ajouta : Je
comprends que Paris montré et expliqué
par vous, doit avoir un charme particulier. Nérévil, transporté de joie, garda
le silence, dans la crainte de ne trouver
que des termes vulgaires pour peindre ce
qu'il éprouvait, mais jamais encore il n'a-
vait regardé Olympia avec un plus doux
sentiment d'espérance et de tendresse.
Elle comprit ce regard, et une émotion
vive colora ses joues d'incarnat. Long-
tems avant que les paroles aient ex-
primé les sentiments, les yeux établissent

une espèce d'accord entre les personnes qui s'aiment, et cette intelligence mystérieuse est, sans contredit, le plus grand enchantement de l'amour.

CHAPITRE VII.

C'étoit le lendemain matin que Lady Sommerset et Nérévil devoient aller voir le monument de la place Vendôme et le château des Tuileries. La douce perspective de faire cette promenade ensemble, les occupa une partie de la nuit; les pensées sont intarissables quand c'est le cœur qui leur fournit des alimens, et le plaisir d'une journée agréable semble s'accroître par l'idée même de sa courte durée.

Quoique Nérévil arrivât chez Lady Sommerset avant l'heure convenue, déjà elle l'attendoit. La fleur la plus fraîche a moins d'éclat que le visage d'Olympia sortant du sommeil de la nuit. Nérévil la regarda avec un nouveau sentiment d'admiration. Le charme étoit si profond qu'il resta quelques momens sans parler. Rompant enfin le silence, il dit d'une voix émue: Lorsque j'ai osé m'offrir, Madame, pour vous guider, j'oubliois qu'en vous regardant mon imagination devoit nécessairement rester indifférente à toute autre beauté. Mais non, je me trompe, c'est en commençant par voir un objet fait pour inspirer une admiration vive et profonde, que je serai plus capable de parler dignement des monumens qui touchent le cœur et élèvent l'âme !

Olympia baissa les yeux ; mais ces louanges loin de lui paroître désagréables comme celles de Sénécé, lui plaisoient au point que, se trouvant comme par enchantement délivrée de cette timidité excessive qui ne l'abandonnoit presque jamais, elle tendit la main à Nérévil avec une aimable familiarité en disant : Partons, ma voiture est prête, et je me sens dans la disposition la plus heureuse pour goû-

ter dans toute sa plénitude le bonheur de
cette journée. En achevant ces mots, elle
comprit qu'elle venoit de dire plus qu'elle
ne vouloit, et elle se hâta de descendre
pour cacher son embarras. Nérévil le de-
vina, et se plaçant à côté d'Olympia, par
une attention délicate, il dirigea sur-le-
champ la conversation sur des sujets insi-
gnifians, mais tout en prononçant des
paroles indifférentes, l'espérance et le
bonheur donnoient à sa voix le charme
le plus touchant.

Le temps étoit superbe; en arrivant au
coin de la rue de la paix, Nérévil proposa
à Olympia de descendre de voiture et
d'aller à pied; elle y consentit, et quelques momens après ils se trouvèrent au
milieu de la place Vendôme. Arrêtons-
nous ici, dit Nérévil, et considérons ce
que les arts et la magnificence ont pu
faire de plus grand, de plus éblouissant,
pour honorer, pour immortaliser nos
guerriers. Cette colonne triomphale sem-

4

ble porter jusqu'au ciel le témoignage de la
gloire impérissable des armées françaises;
et ici l'airain s'unit aux faits les plus illustres pour en consacrer à jamais le souvenir.
—Oui, répondit Lady Sommerset, je vois
de la gloire, de la puissance; mais qu'é-
toient devenus alors la liberté et le bonheur? pensez-vous qu'ils puissent résider
dans le marbre et le bronze?—Non, sans
doute, répliqua Nérévil, et je conviens
avec vous que ce n'est qu'en portant le
deuil de leur propre indépendance, que
les Français ont enchaîné les autres nations
et ont rempli le monde de merveilles.
Mais il n'est pas moins vrai que le premier
malheur qu'un peuple pourroit éprouver,
seroit de mépriser la gloire, et d'être
indifférent aux regards de la postérité.
L'homme de l'esprit le plus commun, sera
capable de faire les actions les plus nobles,
les plus généreuses, si ses pensées ont
pour objet un temps où il ne sera plus,
s'il sait jouir de sa renommée en se trans-

portant par l'imagination au-delà du tombeau. Souvent dans l'adversité, les nations conçoivent du dédain pour la gloire; elles craignent d'avoir été dupes de leur courage; elles sont tentées de regarder comme une folie éclatante, ce qu'il a fallu acheter sans fruit par tant de hasards et d'obstacles. Cependant, s'il étoit nécessaire de prouver que la gloire n'est point une brillante erreur, cela seroit facile, nous n'aurions qu'à remonter à ces jours de folies et de crimes, où la France s'est sauvée de l'ignominie, *en enveloppant les blessures de ses enfans dans les drapeaux de la victoire* (1). C'est grâce à l'éclat de ses armes, que la France a pu conserver une si noble attitude dans l'adversité; et ce sont les souvenirs les plus glorieux, les plus imposans, qui lui donnent encore aujourd'hui une

---

(1) Expressions de M de Châteaubriand.

4..

si haute considération dans l'Europe entière.

Nérévil fit alors approcher Olympia de la grille formée de quatre cents piques qui entourent le monument; il lui expliqua les bas-reliefs, consistant en trophées d'armes, en bannières et en costumes militaires qui décorent le piédestal de la colonne. Comme celle d'Antonin, qui lui a servi de modèle, continua Nérévil, son fût est entièrement revêtu en bronze, formé de l'airain de douze cents canons conquis sur les armées russes et autrichiennes dans une campagne de trois mois. Ce monument repose sur les fondemens d'un autre monument élevé à la gloire de Louis XIV, de ce roi si grand par son siècle, et si grand par lui-même. Sa statue équestre s'élevoit à la même place où vous voyez cette colonne, sur un piédestal en marbre blanc. Falloit-il dépouiller le passé pour honorer de nouveaux exploits! La fureur populaire

essaya ses coups sur l'image de ce prince,
avant d'oser toucher à celle du plus grand
des Bourbons (1). Mais écartons pour un
moment ce souvenir ; l'éclat de nos victoires vous paroîtroit sombre, à côté du
tableau de cette terrible période de notre
révolution ; ici, nous ne devons nous occuper que de la brillante histoire de nos
triomphes. Plaçons-nous à gauche de la
colonne, et suivons la marche de l'ârmée
française. Elle part du camp de Boulogne,
et ne s'arrête que pour conclure la paix à
Austerlitz. Quelle marche ! quels com-
bats ! quelles victoires !

Éclairés par un soleil dans tout son
éclat, Nérévil fit examiner à Lady Sommerset en détail les beautés multipliées
de ces bas-reliefs disposés en spirale, et
retraçant avec une vérité admirable les
principales actions de la courte et glo-
rieuse campagne de 1805. Il lui fit remar-

_____

(1) Henri IV.

quer avec quel talent M. Bergeret avoit
su donner une parfaite ressemblance à
tous les personnages qui occupoient un
rang distingué dans l'armée.

Maintenant, continua Nérévil, montons
sur le tailloir du chapiteau de la colonne.
C'est en vain qu'on s'en fie à l'imagination,
pour se faire une idée de certaines choses
qui demandent à être vues pour être com-
prises, et Paris, regardé de cette hauteur, est de ce nombre.

Après avoir franchi le marche-pied formé de trois gradins en marbre blanc de
la plus grande beauté, on arrive à la porte
de bronze massif de l'entrée intérieure
de la colonne. Au-dessus de cette porte,
on voit une plaque unie soutenue par
deux renommées, et les deux battants de
la porte sont décorés de cinq couronnes
de chêne surmontées d'un aigle. Un escalier de cent soixante-et-seize marches,
ménagé dans l'intérieur du monument,
conduit à une galerie entourée d'une ba-

lustrade supportée par vingt-quatre pilastres sur chacune des quatre faces.

Nérévil aida Lady Sommerset à parcourir des yeux le spectacle magique qui s'offroit à leurs regards; cette multitude de clochers, de tours, de dômes, de coupoles, qui s'élevant avec majesté dans les airs, semble une seconde ville qui plane sur Paris. Mais pour augmenter votre admiration, dit Nérévil, veuillez diriger vos yeux vers cette enceinte resserrée entre les deux bras de la Seine; c'est dans cette petite île qui s'allonge en forme de vaisseau, qu'il faut chercher les traces des premiers temps de Paris. Simple encore, sans édifices, sans ornemens, mais déjà habité par des hommes vifs, emportés, pleins de candeur et de franchise, et braves jusqu'à la témérité, un lieutenant de César ne dut la conquête de la ville qu'à la trahison. Ils combattirent pour leur liberté avec un courage qui tenoit du désespoir: craignant d'être forcés dans leur île, ils en sortirent après y avoir mis le feu. Trompés ensuite par un stratagême, ils allèrent au-devant des légions romaines. La bataille se donna au-dessous de Meudon; elle fut sanglante; la victoire se déclara enfin pour les Romains, et Paris demeura sous leur domination jusqu'au règne de Clovis. Cependant cette ville à qui le ciel réservoit des destinées si brillantes, n'offrit, pendant plus de sept siècles, que l'aspect d'un misérable hameau. Des jardins plantés de quelques figuiers, seuls ornemens des rives de la Seine, une forêt immense, des marais, des champs, des fossés, quelques centaines de huttes de bois et de terre, deux ponts de bois défendus par deux châteaux (1), couvroient alors les terrains où vous voyez le Louvre, les Tuileries, les Invalides, le Panthéon, les églises de Notre-Dame et de Saint-Sulpice, cent palais magnifiques

_____

(1) Le grand et le petit Châtelet.

décorés intérieurement par toutes les merveilles des beaux-arts, et ces superbes boulevards, ces fontaines, ces jardins publics, ces théâtres, ces places, ces quais, ces rues, qui font de Paris moderne la plus belle ville de l'univers.

Après que les yeux de Lady Sommerset eurent long-temps contemplé la variété et l'étendue de ce spectacle unique et ravissant, Nérévil lui fit remarquer le petit dôme qui termine la colonne. On y a placé une fleur-de-lis à quatre faces, surmontée d'une flèche à laquelle est adaptée le drapeau blanc. Ce dôme, dit Nérévil, devoit d'abord supporter la statue de Charlemagne, mais Buonaparte y fit poser la sienne haute de dix pieds et d'un poids énorme. Il croyoit perpétuer ses traits dans le bronze, et leur donner la durée de l'éternité; cependant le temps n'a fait qu'un pas, et déjà lui et son image ont disparu à jamais de la scène du monde. — Quelle leçon, inter-

4..

rompit Olympia, pour finir sa vie loin
du bruit et en paix ! — Il est certain,
reprit en souriant Nérévil, que les hommes
seroient infiniment plus sages, s'ils n'em-
ployoient point à se rendre malheureux
le peu de momens qu'ils ont à passer ensemble ! mais il ne faut pas juger les
grands capitaines sur les lois sévères de
la raison et de la morale. Sans se faire
illusion sur la véritable grandeur, Napoléon a pu desirer les honneurs rendus à
la gloire militaire, honneurs acquis à
ses talens éclatans pour la guerre. Celle
qu'il a faite aux principes, son ambition
mêlée d'extravagance, une agitation qui
n'admettoit aucun repos, une inquiétude d'esprit que rien ne pouvoit calmer,
l'ont enfin précipité de si haut, par une
suite de fautes qui surpassent toutes celles
dont l'histoire accuse les autres chefs des
empires. Enivré de l'encens de l'univers, il
ne ressembloit point à ce roi qu'on prétend
avoir été étouffé sous les feuilles de roses

qu'on lui jetoit ; il ne s'en portoit que
mieux ; mais ce déluge de flatteries avoit
fini par altérer sa raison. Il croyoit aveu-
glément à son génie et à son bonheur.
Tout devoit céder à ses volontés ; la
moindre résistance des plus puissans rois
de la terre étoit pour lui une offense im-
pardonnable ; son orgueil furieux ne
connoissoit alors aucun obstacle pour
punir ce crime incompréhensible à ses
yeux. Long-tems la victoire justifia la
témérité du chef des armées françaises ;
long-temps il maîtrisa la fortune ; mais
au moment où il croyoit atteindre les
limites du monde, la fortune se joua de
lui, elle brisa son sceptre, elle détruisit
sa puissance ; l'adversité mit à découvert
tous les défauts, toutes les foiblesses de
Napoléon ; elle dissipa toutes les illusions,
elle fit évanouir tous les prestiges. Aujourd'hui les Français sentent qu'ils n'auroient pu espérer de paix sous le règne
de Bonaparte, qu'après avoir conquis l'u-

nivers. Ils s'applaudissent d'être gouvernés par un prince qui ne place point son
orgueil dans les conquêtes, et ils affection-
nent une monarchie où il y a autant de
liberté que dans une république. Si les
Français sont sages, ils ne chercheront
désormais la gloire que dans le désinté-
ressement, la justice, la fidélité, le dé-
vouement; ils ne placeront le bonheur que
dans le développement progressif et ré-
gulier du gouvernement constitutionnel.

Lady Sommerset et Nérévil se rappro-
chèrent de la galerie; l'un et l'autre se
taisoient, ils cherchoient des yeux la
maison où ils s'étoient vus pour la première fois. Quelle vue pouvoit valoir pour
leurs cœurs, celle qui leur rappeloit un
souvenir si cher! Insensiblement ils éprou-
vèrent les émotions les plus exaltées.
Sans se communiquer leurs pensées ils
formoient les mêmes vœux; ils vou-
droient qu'une puissance suprême les fixât
à jamais dans ce séjour élevé, loin du re-

gard des hommes, et uniquement heureux de leur amour. Se croyant totale-
ment seuls et à une grande distance de
toutes les voix humaines, ils furent dé-
sagréablement surpris quand tout-à-coup
ils entendirent les pas de plusieurs personnes qui montoient l'escalier et qui
parloient fort haut. Tiré de sa rêverie,
Nérévil proposa à Olympia de poursuivre
leur promenade.

CHAPITRE VIII.

Ils entrèrent dans le jardin des Tuileries par la grille qui donne sur la rue de Rivoli, et descendant la terrasse, ils gagnèrent la grande allée du milieu : alors leur apparut le château des Tuileries. Élevé par Catherine de Médicis, achevé par Henri IV, embelli par Louis XIV, ce palais est, après le Louvre, le plus beau de l'Europe.

Nérévil et Olympia s'arrêtèrent sur la terrasse en face pour admirer l'architecture de cette superbe *Hôtellerie royale*, comme l'appela d'abord Catherine ; mais elle changea ensuite ce nom en celui de *Tuilerie*, parce que quelqu'un observa que le plus beau jardin d'Athènes avoit eu la même origine, ayant été planté sur un terrain où l'on fabriquoit de la tuile, et qu'il en avoit retenu le nom.

Profitons de l'absence momentanée du Roi, dit Nérévil, et visitons cette dernière demeure royale de l'infortuné Louis XVI; allons contempler ces lieux sanctifiés par toutes les cruelles douleurs dont l'univers ne cesse de parler depuis trente années. Il n'y a pas de terme aux sensations que font naître les souvenirs qui se rattachent à ce palais; tout est là : les sentimens les plus sublimes et les crimes les plus lâches, la trahison la plus infâme et la fidélité la plus héroïque. On voudroit pénétrer le mystère incompréhensible des lumières de la plus haute civilisation et des férocités de la barbarie la plus sauvage.

Lady Sommerset et Nérévil parcoururent rapidement les appartemens ornés et meublés avec toute la splendeur de la richesse, et toute la recherche du goût. Mais lorsque des beautés de ce genre sont trop multipliées, elles finissent par rendre presque indifférent; en général, tout ce qu'on prodigue perd de son prix.

C'est ici, s'écria Nérévil, en s'arrêtant quelques instans dans une des salles du palais, que fut conçu l'attentat qui pouvoit changer à jamais les destinées de la France.... Et c'est sur des tapis et des siéges tout parsemés de fleurs-de-lys, qu'on osa proclamer l'anéantissement de la royauté!!

En sortant du château, Nérévil conduisit Olympia à la principale porte qui sépare la cour des Tuileries de la place du Carrousel. Voici encore un monument élevé à la gloire des armées françaises, dit-il; on en a beaucoup blâmé l'ordonnance et l'exécution; cependant il porte avec lui un caractère de goût et de magnificence (1). Cet édifice rappelle l'arc

---

(1) On sait que Buonaparte a dit à l'architecte : « Il n'y » a que vous et moi, mon cher Fontaine, qui trouvions » cela beau. »

triomphal de Septime-Sévère. Les grands
maîtres de l'antiquité ont frayé le chemin
aux artistes modernes ; la plupart suivent
la ligne tracée sans chercher à s'ouvrir
une route nouvelle. Pour inventer, pour
créer, il faut non-seulement du génie,
mais beaucoup de fierté, d'indépendance,
et une grande tranquillité d'âme ; tandis
qu'on n'a souvent besoin que de patience
et de travail pour imiter, même pour surpasser son modèle.

Revenant sur leurs pas, Lady Sommerset et Nérévil traversèrent le jardin
des Tuileries dans toute sa longueur,
et arrivèrent sur la place Louis XV.
Olympia ne pouvoit se lasser d'admirer
les beaux points de vue qui donnent à
cette place l'aspect le plus pittoresque.
De quelque côté qu'on la considère, les
bois, l'eau, la magie des beaux-arts, tout
fait tableau, et semble être en harmonie
avec l'ensemble.

Cependant il étoit facile de remarquer

que ce lieu retraçoit à Nérévil des souvenirs douloureux. Lady Sommerset le questionna. Lorsque la France étoit soumise à des maîtres féroces et sanguinaires, répondit Nérévil, ce fut au milieu de cette vaste place qu'ils établirent l'instrument de leurs crimes ; ces monstres auroient pu, du palais où ils siégeoient, donner le signal des supplices ; ils auraient pu contempler de leurs fenêtres cet horrible spectacle. Quel Français se refuseroit aujourd'hui à payer un juste tribut d'admiration et de regrets à toutes les victimes dont le sang a rougi cette terre ! Mais comment vous parler de la victime qui a tourné son cœur et son esprit si haut vers le ciel, la victime royale ? Il seroit impossible de faire le récit de cette mort sans rester au-dessous de son sujet ; quel objet de terreur et de pitié ! quelle scène ! quel moment ! quel personnage ! Ses bourreaux croient lui montrer le chemin de l'échafaud, et Louis ne voit que le chemin du

ciel. Il appelle par ses soupirs l'instant d'y
recevoir une couronne que les hommes
ne pourront plus lui ravir. Cependant, des
pensées célestes il est forcé de revenir un
instant aux intérêts du monde; il y laissoit
des objets si chers à son cœur! Après avoir
fait ses adieux à sa famille avec une tendresse qui n'eut rien de foible, il remercia
avec une bonté touchante quelques servi-
teurs fidèles et désintéressés: hélas! il
voudroit les combler de ses dons, et il ne
peut que les honorer de son souvenir. Ce
furent ses dernières pensées terrestres.
Le fils de Saint-Louis élève son âme uniquement vers Dieu; il livre sa tête sacrée
et dévouée au fer des assassins, et fait admirer au monde cette nouvelle manière
de recevoir la palme du martyre. C'étoit
une belle idée de placer ici une simple fontaine dont l'eau jailliroit perpétuellement
et retomberoit avec abondance, comme
pour effacer les traces criminelles empreintes sur ces pierres. — Oui, je pense

comme vous, dit Lady Sommerset; un monument en marbre ou en bronze ne doit point caractériser un événement si déplorable pour la France; mais le bruit de l'eau est favorable à la douleur secrète; il fait rêver, il nourrit les impressions tendres, tristes et profondes.

Olympia et Nérévil remontèrent en voiture, et pour terminer la matinée on convint d'aller au bois de Boulogne. L'affluence de monde qui se réunit dans la belle saison sous les hauts arbres des Champs-Elysées, donne un air de fête journalière à cette longue promenade. Elle est consacrée depuis des temps infinis aux réjouissances publiques. Alors Paris tout entier y est amusé le même jour. Ces fêtes sont devenues une institution populaire; on les critique sans cesse, et on a tort puisqu'elles sont agréables au peuple. Pourquoi vouloir s'établir juge de ses divertissemens? il doit seul en décider. Le goût, la recherche et la délicatesse

dans les plaisirs, ne viennent que de la
perfection de l'éducation, et c'est surtout dans la différence des amusemens
que se montre celle des conditions.

Après avoir passé la barrière, on laisse
à droite la place où l'on a commencé à
élever l'arc de triomphe de l'Étoile. Vous
voyez, dit Nérévil, que les conquérans ne
sauroient trop se hâter de faire exécuter
les monumens qui doivent immortaliser
leurs conquêtes, car souvent ces conquêtes
sont perdues avant que l'édifice soit achevé. Nérévil fit ensuite remarquer à Olympia, des deux côtés de la route, des terrains couverts de verdure et des petits
cabarets plus bruyans que brillans. La
dépense que le peuple fait tous les jours
dans toutes ces guinguettes, continua Nérévil, et son air d'aisance et de prospérité,
prouvent mieux que tous les raisonnemens
du monde à quel point nous sommes bien
gouvernés.

Le bois de Boulogne a été ravagé pen-

dant la révolution, et a beaucoup souffert
en dernier lieu de la présence des camps
étrangers. Cependant tel qu'il est, sa
beauté attire encore tout Paris dans les
beaux jours du printems. Des longues
allées, des gazons frais émaillés de fleurs,
offrent un coup-d'œil charmant. Quand
l'âme auroit perdu toute sa sérénité, elle
pourroit espérer la retrouver au milieu de
cette verdure ravissante; mais lorsque les
dispositions intérieures sont en harmonie
avec les beautés de la campagne, l'imagination plane dans l'espace sur les ailes de l'espérance, et ces douces extases surpassent
toute autre jouissance. Olympia et Nérévil
se livroient avec d'autant plus de délices
à toutes les sensations que font naître la
nature et l'amour, que, libres tous les
deux, leurs sentimens s'unissent aux pensées les plus pures.

CHAPITRE IX.

———

Madame de Bagneux a pour principe qu'il faut éviter avec soin toute espèce de querelles ; elle pense avec raison que la moins sérieuse finit toujours par donner une sorte de solennité au plus léger tort. Elle porte la crainte de toute discussion désagréable, au point qu'elle aime mieux souffrir de la négligence de ses amis, que de leur adresser la moindre plainte ; et même en badinant, elle n'avoit jamais reproché à sa sœur son goût si vif et si exclusif pour la société de Madame de Surville. Il est vrai qu'elle ne soupçonna pas d'abord la cause véritable de cette liaison ; mais un moment suffit souvent pour pénétrer ce qu'on a été long-tems

sans deviner. Tout-à-coup Madame de
Bagneux croit entrevoir la vérité, et après
quelques momens de réflexion ses yeux
s'ouvrent entièrement; elle ne doute point
qu'il existe une secrète intelligence entre
sa sœur et Nérévil; leur inclination réci-
proque lui paraît même si frappante
qu'elle ne s'étonne plus que de ne l'avoir
pas devinée plus tôt. Cette découverte lui
causa un profond dépit, auquel se joigni-
rent bientôt les craintes les plus sérieuses.

La maison de Madame de Bagneux est
ornée intérieurement avec l'élégance la
plus parfaite; tout y respire le goût, l'a-
grément, l'opulence; mais cette opulence
ressemble à celle de plusieurs grandes
maisons de Paris, où l'on trouve le su-
perflu, et où l'on est souvent privé
du nécessaire par défaut de soin et
d'ordre. Comment Madame de Bagneux
pourroit-elle en avoir? Enivrée de dissipation, s'excédant pour la gloire de se
faire voir partout, écrivant régulière-

ment cinq à six billets tous les matins
pour des arrangemens de soirées, de
spectacles et de promenades ; elle n'a
assurément ni le tems ni la volonté de
marchander avec ses fournisseurs, d'arrêter leurs mémoires, et de les payer
exactement. Tous ces détails lui paroissent
mortellement ennuyeux. Cependant depuis quelque tems plusieurs créanciers
devenoient pressans, on craignoit un
éclat.

Il n'est plus permis aujourd'hui de
rire et de plaisanter de ses dettes comme
autrefois : on pardonne bien cette noble
insouciance qui porte un esprit élevé à
négliger les affaires d'intérêts, mais on ne
fait plus consister l'élégance à se ruiner
et à ruiner les autres ; ces mœurs sont
heureusement passées de mode.

Madame de Bagneux auroit dû sentir
depuis long-tems la nécessité d'engager
son mari à donner une attention sérieuse
à ses affaires, afin qu'une plus longue

5

négligence ne rendît point le mal irrépa-
rable. Mais trop étourdie par la vanité,
l'avenir n'entre jamais dans ses calculs ;
il semble qu'elle s'imagine que ce n'est
point la peine de s'en occuper. La légèreté, l'insouciance de M. de Bagneux
sont pour ainsi dire plus grandes encore.
A un goût ruineux pour le faste et la magnificence, il joint un amour effréné pour
le jeu, et perd souvent dans une seule
nuit des sommes considérables. Un soir,
après que tout le monde se fut retiré, il
resta à jouer tête-à-tête avec Sénécé, et le
matin il avoit perdu, outre l'argent qu'il
possédoit, quatre mille louis sur parole.
M. de Bagneux se vit forcé d'avouer à
Sénécé l'impossibilité de payer dans les
vingt-quatre heures cette dette sacrée; et
comme il fallut bien entrer à ce sujet dans
quelques détails sur le dérangement de
ses affaires, il étoit facile de deviner que,
sous peu de mois, le Comte se trouveroit
ruiné, sans ressource, privé de sa liber-

té ou forcé de s'expatrier. Sénécé imagi-
na sur-le-champ de proposer à M. de
Bagneux de lui prêter une somme très
considérable, moyennant une condition
qu'il se réservoit de lui faire connoître,
et il ajouta en même tems qu'il ne fixoit
point de terme pour la restitution. — Et
quel est donc cet engagement condition-
nel que vous voulez me faire prendre?
demanda M. de Bagneux. — Pour ne
point vous laisser d'énigme à débrouiller,
répondit Sénécé, je veux tout de suite
vous avouer que je suis amoureux de Lady Sommerset, et que jusqu'ici elle ne
répond point à mon amour. Je sais qu'on
ne croit guère à la constance des amans
maltraités; cependant je vous jure que
cette rigueur si soutenue et si inattendue
n'a fait qu'enflammer davantage mon
imagination; ma passion s'est accrue de
ce qui auroit dû l'éteindre. Vous m'en
voyez tout étonné, tout honteux, continua Sénécé, mais en vérité je crois sentir

5..

les vives agitations de l'amour; non, jamais, jamais le retour le plus tendre, les faveurs les plus signalées n'ont produit un semblable effet sur moi. Ayez pitié de ma foiblesse, mon cher Comte; engagez Madame de Bagneux à parler pour moi à sa charmante sœur; si elle peut la disposer à accepter ma fortune et ma main, si elle la rend favorable à mes vœux, ne vous inquiétez point des poursuites de vos créanciers, je me charge de faire cesser toute espèce de crainte à cet égard.

Lorsqu'on est enivré des jouissances que donne l'opulence, il est bien difficile de rougir des moyens de se la procurer. M. de Bagneux ne vit d'ailleurs que des avantages immenses dans cette alliance; aux qualités personnelles, Sénécé joignoit de la naissance, un titre, une fortune considérable; sous tous les rapports, ce mariage lui paroissoit si brillant, qu'il crut pouvoir assurer Sénécé qu'il devoit regarder le succès de ses vœux comme

infaillible. On se sépara fort satisfait l'un
de l'autre, en se promettant le secret le
plus inviolable.

M. de Bagneux se hâta de rendre
compte de cette conversation à sa femme;
il lui déclara la vérité tout entière, et
ne lui déguisa point que sans le secours
de Sénécé, il falloit se résoudre à couper dans le vif, vendre sa maison, ré-
former ses chevaux, congédier ses do-
mestiques : enfin il finit même par lui
avouer qu'au nombre de ses dettes, il y
en avoit une qui imprimeroit sur sa vie
une honte ineffaçable si elle n'étoit point
acquittée au plus tôt. Il est facile d'imaginer l'effet que cette confidence produisit
sur Madame de Bagneux. Elle frémissoit
à la seule idée de décheoir, de se trouver
confondue dans la foule et condamnée
aux privations au milieu des jouissances
de Paris. Dans un tems où l'argent éclipse
tout, esprit, mérite, gloire, naissance, il
est tout simple qu'on regarde comme le

plus grand malheur, de perdre ce repré-
sentant de toutes les commodités recherchées, de tous les plaisirs, de tous les
agrémens de la vie. Pourquoi s'étonner
de la considération attachée aux richesses,
puisqu'elle est d'accord avec la raison ?
car si nous voulons être conséquens dans
nos mœurs, nous devons estimer ce qui
peut si puissamment contribuer au bonheur. Il n'appartient pas à tout le monde
de savoir se contenter de ce qui suffit
réellement pour rendre heureux.

CHAPITRE X.

Lady Sommerset et Nérévil étoient convenus qu'ils recommenceroient le lendemain leurs courses. Ils allèrent d'abord au Louvre, en passant par le Palais-Royal. En entrant dans ce palais, qui réunit les établissemens qui se trouvent dans une ville tout entière, on est d'abord frappé d'un mouvement universel. Ici, on aperçoit des groupes d'hommes menant une vie sans prévoyance et sans lendemain; là se promènent des beautés coupables, dont les séductions développent des passions dangereuses, source intarissable de chagrins et de repentir. A côté, on voit des femmes jeunes, jolies et honnêtes, occupées à choisir dans de brillans magasins la parure qui doit les embellir le soir ; plus loin, on remarque la foule de gens paresseux et avides qui viennent de courir les chances hasardeuses de la fortune. Ils sortent des maisons de jeux ou de la bourse ; on lit sur leurs visages les passions dont ils sont agités : les uns ont perdu tout ce qu'ils possédoient, les autres ont gagné d'une manière facile et rapide, un argent qui ne doit s'acquérir que par un travail assidu ou par des spéculations qui ont pour objet le bien public. Olympia et Nérévil ne s'arrêtèrent pas long-tems dans un lieu où l'on trouve, il est vrai, mille objets sous les formes les plus séduisantes, mais mille aussi dans toute la laideur du vice. Les contrastes sont piquans assurément, mais les extrêmes blessent l'œil.

Le Louvre s'achève, c'étoit depuis long-tems le vœu général de la nation ; on ne peut plus craindre que le plus beau monument de la France reste imparfait.

Placée devant l'ouvrage magnifique qui
occupe le fronton de la grande façade,
Olympia fut saisie de l'émotion qu'on
éprouve en présence du sublime. — Ici,
dit Nérévil, les arts ont une grandeur
que nous ne trouvons dans aucun autre
palais. Ce nouveau Louvre a été élevé
sur les ruines de l'ancien ; un voile épais
cache son origine. Philippe-Auguste fit
de ce château le siége de sa puissance, le
dépôt de ses trésors, le frein de ses
peuples, et l'effroi des grands. La tour
énorme et isolée que ce prince avoit fait
construire au milieu d'un grand nombre
d'autres tours, servoit aussi souvent de
demeure aux empereurs de Constantinople et d'Allemagne, que de prison aux
grands coupables, aux vassaux illustres
qui manquoient à leur serment. Mais
évoquons de plus doux souvenirs, rappe-
lons de plus nobles buts : Charles V
consacra cette tour à recevoir le dépôt
de la première bibliothèque publique

5...

composée de neuf cents volumes, collection immense alors. Ce prince permettoit à tous ceux qui cultivoient les lettres de venir y étudier jour et nuit. On peut observer que les rois célèbres, les rois qui ont légué à l'histoire un nom véritablement glorieux et un souvenir impérissable, ont tous senti le charme des lettres. Comment ne pas louer éternellement des princes qui ont aimé, encouragé, honoré les hommes capables d'étendre les plaisirs délicats de la pensée! La bonne littérature n'est-elle pas le plus doux lien de la société, l'étude la plus brillante, la gloire la moins fragile et l'appui le plus solide de la puissance légitime?

Ce magnifique monument, continua Nérévil, commencé par François Ier., sera achevé par Louis XVIII. Le destin a réservé à ce grand roi la gloire de terminer l'ouvrage de trois siècles, et de faire de ce superbe palais le séjour

unique des lettres, des sciences et des
arts.

— Quelle élégance! quelle noblesse!
s'écria Olympia, en s'arrêtant dans une
vaste salle décorée d'un ordre dorique
dont les colonnes accouplées reposent
sur un seul socle. Et cette tribune au fond,
soutenue par ces superbes caryatides!
Non jamais les yeux n'ont rien vu de plus
imposant, l'imagination n'a rien deviné
de plus magnifique. — Lorsque le Louvre
cessa d'être le palais des rois, dit Nérévil,
cette salle servit de dépôt aux statues antiques; plus tard les quatre classes qui
composoient l'Institut, y tenoient leurs
séances. L'Académie se réunit aujour-
d'hui au palais des Beaux-Arts; cependant
comme les yeux sont tout puissans sur
l'âme, on doit regretter cette salle à cause
de son grand caractère de dignité. Sous ce
rapport, elle convenoit plus que toute
autre aux séances publiques de la compagnie illustre à laquelle notre littérature

créatrice doit toute sa splendeur. N'oublions point que c'est après l'établissement de l'Académie française que notre langue, si long-tems dure et grossière, est sortie tout-à-coup de la barbarie, et que sa prononciation rude et irrégulière est devenue harmonieuse et correcte. Alors les chefs-d'œuvre de l'éloquence et de la poésie se sont bientôt accumulés, pressés les uns sur les autres ; et nous avons pu offrir enfin dans tous les genres des modèles parfaits et sublimes.

Olympia et Nérévil en sortant du Louvre se rendirent sur la place de l'Hôtel-de-Ville. Il faut en convenir, il seroit difficile de trouver un édifice de plus mauvais goût ; mais comment expliquer le choix qu'on a fait de cette enceinte où retentit sans cesse le cri de la douleur et du repentir, pour y faire entendre, dans les jours d'allégresse et de bonheur, les accens de la joie publique ? Y peut-elle régner sans être troublée par des souve-

nirs sombres et affligeans? Il semble que
de quelque côté qu'on jette les yeux,
l'âme sent un malaise qui n'est point en
harmonie avec le plaisir.

Au moment où Olympia et Nérévil
faisoient ces réflexions, ils virent sortir
des portes de l'Hôtel-de-Ville le cortège
du corps municipal, conduit par le préfet
de la Seine. Ces magistrats se rendoient
au château des Tuileries ; c'étoit le 3
mai. Tous les ans, le jour qui nous a ramené les Bourbons est célébré avec un
nouveau sentiment de reconnoissance et
d'amour. Un homme de génie a dit :
Beaucoup de fêtes ont eu lieu pendant la
révolution, aucune n'a été populaire : on
sentoit le silence à travers le bruit, et la
tristesse dans la gaîté. La république, au
milieu de ses crimes, l'empire, parmi ses
victoires, *décrétoient* des joies : on dansoit pour des échafauds, on illuminoit
pour des morts. On oublioit qu'il n'y a
point de franche réunion sans esprit de

famille, et la famille étoit détruite. Avec le père de famille a reparu l'allégresse des enfans : les Bourbons nous ont ramené les plaisirs du foyer et les vraies pompes nationales. Oui, nous avons un roi tel qu'il nous le faut; pilote habile, il a dirigé au milieu des orages le vaisseau de l'État; il a empêché la tempête de le jeter sur les écueils. Ce Prince ne laisse aucun prétexte à la malveillance; il ne proscrit point ce qui est bon, par la raison que c'est nouveau; il choisit dans les anciennes institutions et dans les nouvelles découvertes; il conserve ce qui lui paroît bien dans les unes, il adopte ce qu'il croit avantageux dans les autres; c'est à ce calme, à cette impartialité qu'on reconnoît la sagesse des monarques.

— Pourquoi, demanda Olympia, les voitures du corps municipal ont-elles pour armoiries un vaisseau? — De tems immémorial; répondit Nérévil, la ville de Paris a eu un navire pour symbole.

Long-tems avant d'être soumis aux Romains, les Gaulois adoroient la déesse qui préside à la navigation. Saint-Germain-des-Prés est bâti sur les ruines du temple d'Isis. La Seine est un fleuve historique, son nom est lié à l'ancienne prospérité des Parisiens; tout indique que le commerce qu'ils faisoient par eau étoit très florissant. Les Francs, après avoir conquis les Gaules, prirent dans la compagnie des *nautes* (1) les défenseurs de la cité, qui furent qualifiés depuis, par Philippe-le-Hardy, de prevôts et échevins des marchands de la ville de Paris. Ils achetèrent, en 1357, la maison de Grève, où Charles V a demeuré étant dauphin; et c'est sur les ruines de cette maison qu'on a bâti l'Hôtel-de-Ville que nous voyons.

_____

(1) Citoyens honorables qui faisaient le commerce par eau.

Lady **Sommerset** pria son conducteur de lui faire voir la cité. C'est dans cette partie de la ville que les monumens retracent surtout l'histoire des premiers siècles de la monarchie française. Olympia voulut traverser le Pont-Neuf, à pied, pour s'arrêter devant la statue de Henri IV. Au moment où elle contemploit ce front royal et populaire, un détachement de soldats vint à passer : *présentez vos armes !* s'écria tout-à-coup le jeune officier qui commandoit cette petite troupe, en s'arrêtant en face de la statue : *saluons celui-ci, mes amis, il en vaut bien un autre.*

Nérévil conduisit ensuite Lady Sommerset à l'église de Notre-Dame; elle étoit encore parée de toutes les décorations dont on l'avoit ornée pour la brillante cérémonie du baptême du Duc de Bordeaux. Il y avait trois jours qu'on avoit versé sur le front du nouveau Henri, l'eau salutaire. Présent à cette cérémonie,

Nérévil avoit été témoin de l'amour et de
la joie du peuple ; ce souvenir agit puissamment sur son imagination. Il ne res-
piroit plus les parfums de l'encens, il
n'entendoit plus les sons harmonieux de
la musique , le sanctuaire étoit vide et
silencieux , et néanmoins une émotion
profonde se saisit de lui et remplit son
âme tout entière. Lorsqu'il put parler,
il dit : Je ne suis pas surpris que les révolutionnaires soient accablés de la naissance de notre Prince. « En politique,
un enfant est une puissance immense ; il
n'a contre lui ni les préventions des faux
jugemens, ni les inimitiés personnelles. Il
annonce d'autres temps, il ouvre les portes
d'un monde nouveau , il attache les pères
par l'intérêt des enfans ; il est le centre de
toutes les espérances, car chacun le voit
comme il le desire. Un enfant a encore
dans son parti toutes les mères ; il charme
la foule, il intéresse le soldat ; la première,
portée à s'attendrir sur un berceau, le

second enclin à protéger la foiblesse. Et si cet enfant est l'enfant du miracle, le dernier rejeton d'une branche royale qui alloit périr, s'il est l'enfant d'une mère héroïque, le fils d'un Prince qui ne l'a pas vu naître, mais qui a prédit son héritier par les inspirations d'une mort sublime, alors ces circonstances prennent quelque chose de surnaturel, elles produisent un sentiment confus de douleur et de joie, également propre à subjuguer, et ceux qui s'attachent au malheur, et ceux qui suivent la fortune (1). »

Olympia ne put entendre ces paroles toutes empreintes de bonheur, de fidélité, et en même tems d'éloquence et de noblesse, sans se sentir vivement attendrie : Oui, la protection du Ciel s'est montrée visiblement dans cette circons-

---

(1) Nous avons emprunté ce passage à un article du *Journal des Débats.* L'auteur ne l'a pas signé, mais il est facile de le reconnaître à son style.

tance, dit-elle d'une voix émue; comment douter maintenant que Dieu s'intéresse à la France, puisqu'il a fait naître cet enfant comme l'arc-en-ciel après l'orage.

Lady Sommerset et Nérévil restèrent encore long-tems à contempler avec admiration ce bel édifice, son immensité, la légèreté de sa construction, la variété de sa composition. La première église chrétienne que Paris a possédée, s'appeloit Saint-Etienne; elle fut bâtie sur les ruines d'un temple de Jupiter, et les François y adorèrent le vrai Dieu à la place du Dieu imaginaire. Le fils de Clovis augmenta cette église d'une nouvelle basilique, qu'il dédia à la Reine des anges : c'est sur les fondemens de ces deux églises que Louis VII commença à faire élever cette superbe cathédrale, qui ne fut cependant achevée que sous le règne de Philippe-Auguste. Les hommes de ces tems construisoient pour la postérité; ils ne craignoient point de commencer un

ouvrage, quoiqu'ils ne pussent pas se flat-
ter d'en jouir.

Lady Sommerset et Nérévil se rendirent ensuite au Palais-de-Justice. Comme ce palais fut long-tems la demeure des
rois de la dynastie régnante, ne pourroit-
on pas dire qu'il porte le caractère de sa
première et de sa seconde destination ?
Toujours il est certain qu'on peut recueillir
dans ce séjour beaucoup de notions sur
la vie politique et sur la vie privée de ces
princes. Les statues des rois de France
depuis Pharamond , ornoient autrefois
une des salles les plus magnifiques du palais. Entourés de tout ce cortège silencieux, nos rois recevoient les ambassa-
deurs, donnoient des fêtes publiques, et
célébroient les fiançailles des enfants de
France.

Nérévil montra à Olympia la place où
le parlement fit faire un montoir en pierre,
pour donner aux membres de la cour
plus de facilité de monter sur leurs che-

vaux et mules en sortant de l'audience. Un président offroit dans ces temps la croupe de son cheval à un conseiller, comme il offre aujourd'hui une place dans son carrosse. Mais ces hommes, si simples dans les pratiques de la vie commune, étoient sublimes lorsqu'il falloit défendre les droits du sang de leurs rois. Combien de fois on les a vus délibérer sans secours et sans défense au milieu des assassins. Mayenne veut en vain usurper le pouvoir souverain; Pothier ose le déclarer indigne de ce rang. Au même instant le prince lorrain entre au parlement suivi d'un cortège royal : sans changer de visage, Pothier lui dit ces belles paroles, auxquelles Voltaire a donné l'harmonie de sa poésie élégante :

Je vous estime assez pour oser contre vous
Vous adresser la voix pour la France et pour nous.
En vain nous prétendons le droit d'élire un maître;
La France a des Bourbons, et Dieu vous a fait naître

Près de l'auguste rang qu'ils doivent occuper,
Pour soutenir leur trône et non pour l'usurper.

On n'avoit point encore tourné alors le dévouement et la fidélité en ridicule ; l'esprit ne servoit point à se pervertir, et le luxe à se corrompre. La cupidité n'étoit point réduite en système ; la soif de l'or n'avoit point desséché les cœurs ; on connoissoit des choses qui étoient au - dessus de l'argent et du pouvoir.

Il est encore de bonne heure, dit Nérévil à Lady Sommerset en sortant du Palais-de-Justice, et nous avons le tems d'aller voir un édifice qui, à coup sûr, vous intéressera, car il est l'emblême des idées les plus nobles, les plus généreuses. Il est impossible de comprendre comment les révolutionnaires en contemplant l'hôtel des Invalides, conçu et exécuté sur un plan si vaste et si splendide, n'aient

point éprouvé un mouvement généreux
de reconnoissance envers les descendans
du prince qui a fait un don si magnifique
à la France !

CHAPITRE XI.

On peut remarquer que tous les monumens du grand siècle unissent toujours
la grâce à la magnificence. La forme de
ce dôme a quelque chose qui plaît à l'imagination et qui élève l'âme, dit Nérévil,
en s'arrêtant au milieu de l'esplanade des
Invalides, et tout près de la fontaine où
l'on voyoit naguère le lion de Saint-Marc.
Henri IV et Louis XIII avoient aussi
formé et exécuté le projet de faire construire des bâtimens commodes et honorables pour les officiers et soldats âgés,
blessés et infirmes; mais aucun roi, avant
Louis XIV, n'avoit imaginé de faire de
l'asile de leur repos, le temple de leur
gloire. Cette église, ces vastes voûtes or-

nées de drapeaux et de lauriers, ce majestueux cloître militaire où règnent le calme, l'ordre, la propreté et l'abondance, où tout émeut, où tout attendrit, où rien ne dérange l'impression de l'ensemble, est assurément une des plus belles conceptions humaines; et elle seule auroit suffi pour immortaliser Louis XIV.

La vue de l'intérieur de l'église excite surtout une profonde admiration. En pensant que ce chef-d'œuvre sublime est sorti de la main des hommes, on sent une vénération, un respect véritable pour l'espèce humaine; et ce sentiment, il faut en convenir, semble d'autant plus doux que les occasions de l'éprouver sont plus rares.

En visitant l'église, Olympia fut vivement touchée de la piété de ces hommes, autrefois si intrépides devant l'ennemi, aujourd'hui si humbles, si timides devant Dieu. Sous ce dôme immense, sur ces beaux marbres on entend de loin les pas

6

traînans de ces guerriers *dont le tombeau possède la moitié;* ce bruit cause une sensation confuse de pitié et de respect. Comment ne pas être attendri en voyant ces voyageurs infatigables qui ont parcouru toute l'Europe, ne vouloir se reposer un moment que pour se préparer avec calme et sérénité au grand pélerinage de l'éternité.

C'est ici, dit Nérévil, qu'on auroit dû placer le tombeau du grand roi, du roi qui donna son nom à son siècle, le plus admirable de l'histoire du monde, puisqu'il a le plus approché de la perfection. Personne, de bonne foi, ne peut nier que Louis XIV ait exercé une influence immense sur l'époque qui doit servir de marque éternelle à la véritable gloire de la France. Tandis que des déclamations stupides viennent tous les jours expirer devant les rayons de son auréole, l'Europe entière continue à lui rendre un juste tribut d'admiration et d'éloges; elle n'a point oublié encore qu'elle doit à ce prince son goût et sa politesse. Sa cour donnoit le ton; l'esprit qui y régnoit ne tarda point à s'introduire dans la société, qui fut alors à son plus haut point de splendeur; on y parloit un langage fin et délicat; on faisoit entendre plus qu'on ne disoit; on s'accoutuma à voiler à demi ses idées pour donner le plaisir de faire deviner le reste. Le roi joignoit aux qualités dignes d'admiration, les qualités aimables; il étoit l'homme le plus poli de son royaume; son respect pour les femmes étoit une espèce de religion; rien ne pouvoit y porter atteinte, ni la condition, ni la vieillesse, ni la laideur (1). Une simplicité majestueuse et un naturel parfait donnoient à toutes ses manières

---

(1) Lorsque Mademoiselle de Simiane mourut, le roi demanda s'il était bien certain qu'elle fût morte; on le lui affirma : « Eh! bien, j'ose donc dire que c'était bien la plus laide fille du royaume. »

6..

un charme et une grâce toute particulière;
et comme la petitesse dépend moins de
l'objet que de la personne, les moindres
actions, les plus petits détails de la vie
privée du roi étoient l'objet de la curiosité
de toutes les cours du monde civilisé.
C'est à ce foyer d'adoration universelle
que s'allumèrent les feux de la tendre
passion qui perdit Mademoiselle de La
Valière; de cette femme qui a tant aimé,
tant pleuré, tant souffert.

En sortant de l'hôtel des Invalides,
Nérévil proposa à Olympia de faire une
promenade à pied; ils traversèrent l'esplanade qui conduit jusqu'à la rivière. On
a parlé long-tems du projet de faire un
élysée militaire de cette vaste et belle
plantation. Sur des gazons frais, sous
des berceaux de verdure, dans des bos-
quets fleuris, on placeroit les statues des
héros dont s'enorgueillit la France. Les
souvenirs sont tout ce que nous pouvons
arracher à la mort, mais les souvenirs

sont tout puissans. Ce n'est pas sans dessein que la nature a donné à l'homme le desir de rendre hommage au courage et à la vertu, en perpétuant par des monumens les actions grandes, nobles et généreuses. La statue d'un homme illustre ouvre un vaste champ aux méditations d'un jeune homme qui veut mériter un jour les mêmes honneurs.

Dieu, quel ennui! s'écria tout-à-coup Nérévil; je vois venir à nous deux hommes dont je redoute l'approche; l'un exploite les gens de sa connoissance comme un domaine; il veut à toute force les rendre profitables et en tirer un parti quelconque; l'autre a de l'esprit, mais toute son amabilité vient de sa méchanceté, et du tour singulier qu'il sait donner au ridicule. — Ne pouvons-nous pas les éviter, demanda Olympia? — Il est trop tard, répondit Nérévil, les voilà, nous ne pourrions nous détourner qu'en faisant une impolitesse marquée.

Il est certain que dans le monde on a beaucoup de ménagemens pour les hommes d'esprit, lorsqu'ils sont très méchans et qu'on n'a pas à s'en plaindre personnellement. On espère en leur montrant des égards en être épargné, échapper à leurs traits, et on oublie qu'on plaisante et qu'on se moque bien plus souvent et bien plus facilement de ce qui est bon que de ce qui est fort.

Après les premiers complimens, Cléon raconta qu'il avoit dîné la veille à la campagne chez Belrive. Il faut avouer, ajouta-t-il, qu'entre son cuisinier et un empoisonneur il n'y a de différence que l'intention. J'étois assis à table à côté de Madame Dorville; c'est une femme très ignorante; toutes ses connoissances en géographie se bornent à ses connoissances en gourmandise; à mesure qu'on lui servoit d'un plat, elle me disoit tout bas: assurément cette carpe n'est pas de Strasbourg; il seroit ridicule si on vouloit nous donner ces truffes pour être du Piémont; ce jambon n'a jamais été en Westphalie; ce ne sont pas là des macaronis de Naples, etc., etc. Je voyois vis-à-vis de moi Madame de Vilmont; elle est assez bien conservée : on assure que son attachement pour Delorme dure toujours. On a raison de comparer les femmes aux girouettes, lorsqu'elles se rouillent, elles se fixent. Mais imaginez ma surprise; Madame de Langle est enfin parvenue à persuader qu'elle a de la beauté; rien n'est plus faux assurément. Mais comme tout le monde disoit hier qu'elle étoit jolie, et qu'on ne veut l'être que pour les autres, c'est à-peu-près comme si elle l'étoit réellement. Au reste Belrive lui fait la cour, et on prétend qu'il est heureux : il faut avouer qu'il y a des femmes dont les faveurs ne valent pas en vérité la peine qu'on prend pour les obtenir. — Convenez toutefois, dit Nérévil, que ce seroit encore pis si on les obtenoit sans soins.

— Vous avez raison, répondit Cléon en riant. Mais à propos de faveurs, savez-vous que Dorimon vient d'être comblé d'honneurs et de dignités? On pouvoit le prévoir; le trouvant il y a quelque tems au milieu d'un cercle de libéraux, il combattoit avec chaleur leurs principes, et on sait que lorsqu'il a une opinion, c'est qu'il désigne d'une manière détournée qu'il a un intérêt.

Cependant Armand n'avoit point encore trouvé l'instant d'articuler une parole, il saisit enfin un moment favorable, et pria Nérévil de parler à cinq ou six ministres et directeurs pour différentes grâces qu'il sollicitoit pour lui et sa famille; et passant ensuite et sans s'interrompre à des demandes moins importantes, il dit: si vous n'avez pas disposé, monsieur le Vicomte, de votre loge à la comédie française, je vous la demande pour y conduire mes filles; mais en parlant d'elles, de grâce, ayez la bonté de

me procurer des billets pour le bal que
la garde royale donnera dimanche à la
salle de l'Odéon. Il me resteroit bien
encore quelque chose à vous demander,
ajouta Armand, mais je crains d'être in-
discret; néanmoins avant de vous quitter,
je vous prie de me dire si vous comptez
aller dîner demain à la campagne chez
M. Rostschild, et, dans ce cas, si vous
voulez me conduire? Nérévil répondit
qu'il n'alloit point chez M. Rostschild,
parce qu'il ne le connoissoit point; et la voiture de Lady Sommerset s'étant appro-
chée dans le même moment, il dit adieu à
ces Messieurs, pour accompagner Olympia chez Madame de Surville, où ils étoient
invités à dîner.

6...

CHAPITRE XII.

Il était tard; Lady Sommerset n'eut pas le tems de faire une autre toilette; elle savoit d'ailleurs qu'il n'y auroit qu'elle de femme chez son amie. Des hommes du monde aussi spirituels qu'éclairés, quelques artistes et plusieurs hommes de lettres distingués, composoient l'assemblée, qui offroit sans contredit tout ce que Paris peut réunir de plus remarquable en esprit, en talens et en instruction.

On parla de cette multiplicité d'ouvrages nouveaux et anciens qu'on imprime et réimprime tous les jours; Serilly dit : un savant a proposé, il y a plus de vingt-cinq ans, de rédiger une bibliothèque universelle, qui seroit l'itinéraire des sciences, des lettres et des arts; cette entreprise occupe, dit-on, une société de gens de lettres; il faut avouer qu'ils rendront un grand service aux générations futures; car le plus grand obstacle à la saine instruction et aux progrès de l'esprit humain, sera certainement un jour l'immensité de livres au milieu desquels on se trouvera comme perdu. — On a souvent répété, interrompit Montfort, que nous n'étions que les échos des siècles passés; en littérature, du moins, il est certain qu'on a atteint le but depuis long-tems; mais aujourd'hui on veut le passer, et on a imaginé le genre romantique; on analyse les idées et les sentimens, de manière à ce qu'ils dégénèrent presque toujours en affectation et en subtilité; et le mauvais goût, l'obscurité, les locutions bizarres et ridicules, se joignent aussi quelquefois à ce style passionné et métaphysique. Les partisans de cette nouvelle

manière d'écrire, professent un profond
mépris pour l'existence vulgaire; ils la
mettent sans cesse en opposition avec je
ne sais quelle existence *poétique*, dont
eux seuls ont le secret, et qui fait goûter,
disent-ils, les *merveilles du cœur et de
la pensée.* — Madame de Surville, qui
venoit de lire les ouvrages de Lord Byron,
défendit vivement l'école romantique, et
finit par dire : je ne crois pas que l'admiration pour tout ce qui tient au sentiment
et à l'imagination, puisse être déjouée par
la plaisanterie. Assurément un siècle où
les sentimens exaltés seroient l'opinion
dominante, verroit de toutes parts s'é-
lever de grands hommes; car c'est de
l'enthousiasme que dérivent les belles
actions et les pensées élevées.

Montfort ne répliqua point, parce
qu'il ne dispute jamais; indifférent pour
tout ce qui ne touche point à ses intérêts,
il ne met aucune chaleur dans la conversation, et cède aussitôt à la volonté de la

personne qui lui parle, non pas qu'il
n'ait une opinion très formée, mais parce
qu'il n'y attache aucune importance.

Norval conta qu'il s'étoit fait présenter
la veille chez Madame B*** ; fatigué, dit-
il, de l'étiquette un peu trop sévère de
certains salons du faubourg Saint-Germain, eu égard au siècle où nous vivons, j'é-
tois curieux de voir si en allant tout simplement chez un bon et gros manufacturier
dont les opinions libérales sont très pro-
noncées, je trouverois dans cette maison
cette douceur qu'offre une sorte d'égalité
dans la société; mais je fus bientôt convaincu qu'on ne voit nulle part plus d'i-
négalité que dans le parti de l'égalité ; la
vanité s'y tourmente plus que dans les
classes où les rangs sont le plus marqués;
on s'informe de tout ce qui compose
l'existence de la personne qu'on reçoit,
pour savoir au juste le degré de considération qu'on doit lui accorder. Une
petite dame qui s'est enrichie d'un million

de ridicules, depuis que son mari a gagné un million d'écus, me fit beaucoup
de révérences; elle étoit parée à l'excès,
parce qu'elle croit apparemment qu'une
grande toilette rapproche l'intervalle
entre la plus jolie et la moins agréable;
on voyoit qu'elle comptoit avec complai-
sance les personnes qui venoient s'entasser
dans son salon, en disant d'un air satisfait : j'ai vingt personnes de plus
aujourd'hui qu'à mon dernier jour d'assemblée. En parcourant des yeux cette
nombreuse réunion, j'y remarquai quelques hommes distingués par leur esprit;
on me présenta même à l'un d'entr'eux, qui
n'étoit cependant pas le véritable maître
de la maison. Comme la conversation de
ces messieurs n'avoit d'autre objet que
les affaires publiques, et que leur opinion n'est pas la mienne, je ne m'occupai
que d'observer un groupe de jeunes
femmes qui, quoique mariées, avoient
encore le ton et les manières de pension-

naires ; elles n'interrompoient leur chu-
chotage, que pour dire tout haut une
trivialité. Je ne tardai point à m'apercevoir qu'on affichoit dans ce coin du
salon une grande sévérité ; et ne croyez
point que la critique emprunte des formes
fines, qu'elle s'y exprime avec des nuances
délicates ; elle est tout uniment sotte et
impertinente. Assurément on ne taxera
point les dames de cette coterie de vouloir
briller par la grâce et le mouvement de
l'esprit, car il n'est guère possible d'i-
maginer des propos plus insipides. En-
nuyé à l'excès, je cherchai près des
femmes d'un âge très raisonnable l'esprit
qui manquoit aux plus jeunes ; mais il
me fut impossible de rien entendre que
ces mots : *j'ai le roi et la volte ; trois à
deux, voilà un point bien piquant ; il
faut écarter, madame ; monsieur,
c'est une lâcheté.* La partie gagnée, personne ne trouvoit son compte ; et je re-
marquois, sans donner tort aux uns ni

aux autres, que la galanterie ou la délicatesse manquoient absolument dans ce
cercle.

Delespinay, qui saisit toutes les occasions de parler des agrémens de la société
de Paris sous l'ancien régime, vanta surtout l'agrément des soupers d'autrefois :
vous pouvez encore trouver de l'amuse-
ment dans certaines réunions, dit-il,
mais la gaîté en est bannie ; l'esprit enjoué
a fait place à l'esprit réfléchi ; des projets
d'ambition se lisent sur tous les visages ;
un air de réserve trahit les tourmens in-
térieurs de l'âme, et je vois arriver le
moment où l'on ne trouvera plus aucune
trace de l'esprit de société en France.
—Cette gaîté que vous regrettez, s'écria
Laclos, n'étoit au fond que de la frivolité ; les conversations alors brillantes et
légères sont maintenant brillantes et sérieuses tout ensemble. Appelés indistinc-
tement à se mêler des affaires publiques,
les jeunes hommes se forment à des pen-

sées solides qui ont donné naturellement plus de gravité au maintien et aux manières, sans cependant leur faire perdre la grâce et la politesse ancienne; et cette réunion de liberté constitutionnelle et d'élégance aristocratique, donne à l'esprit français tout l'éclat qu'il peut avoir; parler sur des objets d'un intérêt général, est, il me semble, une des plus nobles jouissances qui puissent être le partage des hommes réunis en société.

Delespinay soutint avec chaleur que cette fureur de ramener toujours l'entretien sur des matières politiques, étoit très nuisible au plaisir de la conversation: Il y a tant de phrases toutes faites à présent sur ce sujet, dit-il, qu'il ne s'agit que de les apprendre par cœur pour briller dans un cercle. Chacun puise dans un magasin d'idées et d'expressions nées de la révolution; et depuis long-tems on ne trouve plus rien de neuf à dire. Pour moi, je suis excédé de ces répétitions éternel-

les; car, à tout prendre, ce sont toujours
les mêmes mots et les mêmes pensées.
A mon avis, il n'y a pas un homme plus
heureux qu'un de mes amis qui habite la
campagne. Il est venu me voir hier.
Après avoir causé un moment, il vit que
je tenois une brochure, et il me demanda
ce que je lisois? — C'est un pamphlet
sur la nouvelle loi des élections, lui ré-
pondis-je. — Comment la nouvelle loi,
dit-il! je ne savois pas qu'elle étoit chan-
gée.

Monfort demanda à Madame de Sur-
ville si elle avoit toujours le projet d'aller
aux eaux? — Mon voyage est décidé,
répondit-elle, mais j'hésite encore entre
Spa et Carlsbad. — Les eaux recommen-
cent à devenir très à la mode, dit Norval;
les eaux célèbres sont, depuis quelques
années, le rendez-vous des rois, des
princes, des héros, des diplomates, des
artistes, des banquiers et des jolies femmes; c'est en quelque sorte un vaste

théâtre des variétés de l'Europe : on y
rencontre le plaisir, la fortune et l'amour;
ce qu'on y trouve le moins, c'est la santé;
on y danse, on y joue, on y mange, on
y boit nuit et jour, et on assure que les
banquiers de trente - et - quarante et les
restaurateurs y font de meilleures affaires que les médecins. Une feuille alle-
mande s'est égayée dernièrement en parlant des eaux de Carlsbad ; ces eaux ont la
vertu, dit-on, de rétablir les estomacs dé-
labrés, le journaliste s'écrie: « A en juger
par l'affluence de ceux qui les fréquentent,
on dirait que toute l'Europe digère mal.»
— Pour rétablir sa constitution délabrée,
répliqua Montfort en riant, c'est l'eau de
l'oubli qu'il faudrait lui faire boire. On
avait autrefois le besoin de croire, aujourd'hui on a celui d'examiner; c'est de
ce changement dans les dispositions des
esprits que naît tout le mal ; on voit bien
à-peu-près ce qu'il faudrait faire pour
l'arrêter; ce n'est ni l'esprit ni les lumiè-

res qui manquent à ceux qui exercent le pouvoir, c'est le caractère et l'intrépidité.
— Ne croyez pas, reprit Norval, que le succès dépende entièrement du courage ; le cardinal de Richelieu à la place de Sully perdoit Henri IV, et Louis XIII eût peut être été détrôné sans son premier ministre.

On partit de là pour traiter les plus hautes questions politiques. Alors Madame de Surville proposa tout bas à Olympia de passer dans un salon voisin, pour entendre chanter des romances françaises à un jeune homme dont on vantoit beaucoup la voix et le goût pour ce genre de chant.

La musique agit immédiatement sur le cœur ; elle double pour ainsi dire la faculté de sentir. En écoutant des sons purs et harmonieux à côté de l'objet qu'on aime, les sensations les plus délicieuses entrent en foule dans l'âme ; les paroles qu'on chantoit augmentoient

encore la profonde émotion qui péné-
troit Lady Sommerset et Nérévil.

Vers la fin de la soirée Olympia se plaignit de la chaleur; on alla se promener
dans le jardin; il ne restoit plus que Nérévil et une amie de Madame de Surville.
Sa maison est située dans ce beau faubourg Saint-Honoré, sans contredit la
plus belle rue de Paris, tant par son étendue et sa largeur que par la magnificence
de ses hôtels, qui ont d'un côté l'avantage
d'aboutir au boulevard, et de l'autre
celui de donner sur les Champs-Elysées,
exposition la plus délicieuse qu'il soit
possible d'imaginer.

Nérévil offrit son bras à Lady Sommerset; ils marchoient derrière Madame de Surville et son amie. La lune
étoit si brillante, que c'étoit plutôt l'absence du jour que la nuit; elle ne déro-
boit aucune beauté d'un jardin ravissant;
un air doux et frais apportoit le parfum
des fleurs; des rossignols chantoient sur

des arbustes couverts de roses; tout ce qui peut charmer dans la nature se trouvoit réuni. Au moment de rentrer, Nérévil s'écria que la soirée était superbe et qu'il falloit encore faire le tour du jardin; sur le ton de la plaisanterie, il pressa le bras d'Olympia, et en même tems il l'entraînoit en précipitant ses pas. Cette marche rapide et l'idée de se trouver dans ce jardin, seule avec Nérévil, au milieu de la nuit, causa à Lady Sommerset un battement de cœur violent; respirant à peine, elle s'arrêta devant un banc de gazon et s'y assit.

Sans avoir jamais parlé distinctement de ses sentimens à Lady Sommerset, Nérévil étoit bien certain qu'elle les connoissoit. L'amour, lorsqu'il est partagé, a-t-il besoin d'une déclaration formelle? Nérévil tomba aux genoux d'Olympia. Ah! que faites-vous, s'écria-t-elle d'une voix effrayée et entrecoupée? — Je suis heureux!... Ces mots échappèrent à

Nérévil. Il croyoit si bien à son bonheur dans ce moment, qu'il lui eût été impossible d'exprimer une autre pensée. Peignant ensuite son amour, il en parla avec les transports d'une passion long-tems contenue. Olympia se trouva quelques momens sans voix, mais non pas sans émotion. Le langage séduisant et passionné de Nérévil avoit porté au comble tous ses sentimens pour lui. Elle ne pouvoit s'en effrayer, ils étoient aussi tendres que purs; elle en fit l'aveu à son amant sans crainte et sans scrupules, mais toutefois avec cette réserve qui inspire le respect et augmente l'amour. Alors Nérévil goûta enfin ces délices de l'âme, cette félicité ineffable qu'il avoit souvent rêvée, et que jusque-là il avoit vainement souhaitée. Heureusement l'approche de Madame de Surville termina cet entretien; quand les facultés ne suffisent plus aux sensations, le plaisir ressemble à la douleur, et cette douleur se concilie cependant avec le bonheur le plus parfait.

Nérévil, trop agité pour se livrer au sommeil, profita de la plus belle nuit du monde pour se promener aux Champs-Elysées. Il ne rentra chez lui que lorsque l'aurore commença à paroître. En arrivant sur le boulevard des Italiens, on pouvoit déjà entrevoir distinctement les objets, mais on ne voyoit encore personne; le silence le plus profond régnoit dans ces rues qui alloient être si bruyantes. Nérévil s'arrêta pour considérer Paris solitaire, et il dit : que seroit cette belle ville ainsi délaissée?

CHAPITRE XIII.

Lady Sommerset en revoyant sa sœur crut remarquer qu'elle étoit triste et préoccupée ; elle cherchoit par une gaîté feinte à déguiser son chagrin ; mais à travers son sourire il y avoit quelque chose de sérieux et de contraint. Olympia, dont la sensibilité paroît d'autant plus naturelle qu'elle ne se montre que par intervalle, voulut engager Madame de Bagneux par de doux reproches à lui ouvrir son cœur. — Nous en parlerons dans un autre moment, répondit la Comtesse; aujourd'hui je sens le besoin de me distraire. Allons faire une promenade au Jardin du Roi. Puisque vous avez le desir de connoître les monumens de Paris, je veux vous

7

montrer le plus beau, le plus étonnant
que la patience courageuse du génie ait
créé. Nous verrons en passant le Panorama d'Athènes. J'attends quelques personnes auxquelles j'ai fait proposer de
nous accompagner ; j'éspère, ma sœur,
que vous viendrez avec nous. Olympia
consentit, mais elle auroit bien voulu
chercher un prétexte pour se rétracter
en voyant entrer Sénécé, et ce qui augmenta son chagrin fut de ne trouver
aucun moyen pour l'empêcher de s'as-
seoir vis-à-vis d'elle dans la calèche de
Madame de Bagneux. Animé par la présence de Lady Sommerset, Sénécé ne
fut point économe d'esprit ni de grâces;
cependant malgré l'agrément de ses propos, la Comtesse paroissoit rêveuse, et
Olympia étoit plus sérieuse que jamais.
Lorsqu'on lance des traits on veut qu'ils
rejaillissent ; Sénécé finit par garder le
silence, mais si sa bouche est muette, ses
yeux parlent, et ils expriment une ardeur

si vive et en même tems si hardie, que Lady Sommerset baisse les siens, et aussi mécontente que confuse, elle ne sait plus de quel côté reposer la vue, rencontrant toujours les regards de Sénécé attachés sur elle.

Le mécanisme qui produit l'étonnante illusion des tableaux-panoramas, est un secret pour le plus grand nombre des curieux : heureuse ignorance! ne connoissant point les artifices des constructions, les combinaisons des optiques, le spectateur se croit tout-à-coup transporté sur les débris de la citadelle d'Athènes ; si élégamment découpée dans la forme d'un piédestal, et qui portoit jadis jusqu'au ciel le temple de Minerve et les Propylées.

Nous avons déjà vu représentés Paris, Naples, Amsterdam, Anvers, Londres, Constantinople, Jérusalem, etc., etc. ; mais Athènes!!! Athènes, la patrie des arts, des grands hommes et des Dieux!

7··

Hélas! le génie de la Grèce est éteint;
cette terre porte encore son beau nom,
mais elle ne produit plus de Grecs; c'est
la statue d'un héros dont on a coupé la
tête pour y mettre celle d'un esclave.
Cependant le charme attaché aux noms
et aux souvenirs fait contempler avec enchantement et enthousiasme ce superbe
bassin où la cité de Minerve reposoit
autrefois avec tous ses chefs-d'œuvre. Il
est vrai qu'on est importuné de toutes
ces vilaines petites maisons modernes qui
viennent se mêler aux antiques débris.
Lorsqu'on voit les ruines du Parthénon,
dont les belles proportions enchantent
les yeux, les élégantes colonnes du temple
de Thésée, la colline du Musée, le mont
Hymète, les montagnes du Péloponèse,
on éprouve une émotion indéfinissable,
et on croit aux Grecs antiques comme si
on avoit vécu de leur tems. Palmène, un
ami de Madame de Bagneux, se plaisoit
à reconnoître, à marquer tous les points

historiqués.—Périclès, dit-il, comparoît
déjà Athènes privée de sa jeunesse, à une
année dépouillée de son printems; l'amour
des beaux-arts porté à l'excès, fut une des
causes de la décadence des Athéniens.
Quand les honneurs et les richesses sont
prodigués aux comédiens et aux artistes ;
lorsqu'ils absorbent les récompenses qui
ne sont dues qu'aux services rendus à
l'État, tout périt : lois, principes, morale,
gouvernement. Tournez la vue sur les
collines du Musée, poursuivit Palmène,
vous verrez trois ouvertures taillées dans
le roc; ce sont les portes des cachots de
l'Aréopage; vers le même tems que So-
crate et Phocion y burent la ciguë, les
peintres et les sculpteurs couverts de
pourpre et d'or, étaloient leur orgueil aux
jeux olympiques, ou se montroient avec
insolence dans les rues d'Athènes, une
couronne d'or sur la tête; et la courti-
sanne Phryné, maîtresse de Praxitèle et
de tant d'autres, osa proposer de rebâtir

Thèbes, à la condition qu'on y feroit placer une inscription portant ces mots : Alexandre a détruit Thèbes, et Phryné l'a rétablie.

Des renseignemens qu'on donne pour exacts désignent cette place à droite de la citadelle, comme l'enceinte où le peuple tenoit ses assemblées; on distingue encore le socle sur lequel étoit la tribune de Démosthènes et de Périclès. L'art oratoire devoit fleurir, ajouta Palmène, dans un État où l'homme le plus éloquent devenoit le plus puissant.

En sortant du Panorama on suivit les boulevards, une des beautés les plus grandes et les plus originales de Paris. Il est fâcheux que cette belle promenade soit gâtée par cette multiplicité d'estampes licencieuses exposées du matin au soir aux yeux de l'enfance et de la jeunesse. Ces images impures n'inspirent que le dégoût, lorsqu'on a le sentiment de la difformité du vice et le mépris des objets

obscènes; mais elles corrompent les regards de l'innocence et alarment la
pudeur.

Tout ce que la nature offre de rare, de
curieux et d'utile, se trouve réuni et
classé méthodiquement dans le Jardin
royal des plantes. Les salles du muséum
d'histoire naturelle contiennent près de
cinq cents quadrupèdes et plus de deux
mille oiseaux, collection la plus brillante de l'Europe. Mais ce n'est point
en parcourant rapidement ces précieux
cabinets, ces riches et superbes serres,
qu'on peut acquérir même une connoissance superficielle de ce qu'ils ren-
ferment. Des milliers d'objets passèrent
sous les yeux de Lady Sommerset, mais
ce qu'elle voyoit lui faisoit oublier ce
qu'elle venoit de voir. Eblouie, fatiguée,
elle monta par une allée en spirale sur
une éminence, au haut de laquelle se
trouve un kiosque de forme circulaire;
et sa vue se reposa avec délices sur des

jardins dont la symétrie même est piquante; tout y est d'accord sans monotonie; une élégance noble, un goût mâle quoique délicat, se font remarquer dans ce séjour qui ne doit sa magnificence qu'au concours de toutes les beautés splendides de la nature. On aperçoit de loin le cèdre du Liban dont le jardin du Roi s'enorgueillit, et qui offre le plus beau point de vue qu'on puisse desirer; lorsque le vent agite par ondes son feuillage, ses longs rameaux verts tombent à terre en panaches, et produisent un ombrage charmant. Olympia parcourut ensuite la vallée champêtre qui s'étend jusque sur le bord de la Seine. Cette vallée offre le tableau le plus animé et le plus pittoresque. Les cerfs du Gange parcourent les lisières des bois, les gazelles bondissent sur des monticules, les brebis paissent dans des prairies, les oiseaux aquatiques se promènent au milieu d'une île, et les cygnes se balancent sur des étangs. A droite du côté de la rivière, sont placées les loges des lions, des tigres, des panthères, de tous ces redoutables prisonniers d'Afrique et d'Asie; à gauche, un jeune éléphant habite les salles spacieuses construites il y a vingt-cinq ans pour y recevoir deux éléphans nés à Ceylan, transportés très jeunes en Hollande, et plus tard à Paris. Leur tendresse mutuelle, leurs mœurs, leurs habitudes, ont fourni pendant le peu d'années qu'ils ont vécu en France, des observations curieuses pour l'histoire de leur espèce. Rien ne peut se comparer à la joie qu'ils ressentirent en se revoyant après une longue séparation; on les avoit fait voyager isolément, et même à Cambray où ils avoient passé l'hiver, ils ne s'étoient point vus, ils s'étoient seulement sentis l'un près de l'autre; l'éléphant mâle ne se reposoit jamais; toujours debout ou seulement appuyé contre les barreaux de sa cage, il veilloit pour

7...

sa compagne, qui se couchoit et dormoit tranquillement. Voici, dit Palmène, comme on raconte leur première entrevue. L'éléphant mâle étoit sorti de sa cage avec précaution, et avoit pris possession de sa nouvelle demeure avec beaucoup de défiance; cependant après avoir visité et reconnu les lieux, on lui donna à déjeuner, et il mangeoit tranquillement lorsque sa compagne entra dans la salle : il se tourne, et à l'instant ils accourent l'un à l'autre avec des cris de plaisir si bruyans, que toute la salle en étoit ébranlée; ils poussoient en même tems par leur trompe un souffle qui ressembloit à un vent impétueux. Sa joie à elle étoit plus vive, plus expressive; elle passoit sa trompe sur le corps de son ami avec la plus grande tendresse et la plus grande volupté, ensuite elle la rapportoit amoureusement à sa propre bouche. Lui de son côté faisoit les mêmes caresses à sa compagne; mais son amour plus

concentré, sembloit ne s'exprimer que
par des larmes qui couloient en abondance.

Au moment de remonter en voiture,
Madame de Bagneux dit à sa sœur
qu'elle avoit accepté à dîner dans la maison de campagne de Sénécé, à trois lieues
de Paris. En apprenant cet arrangement,
Olympia eut besoin de toute sa politesse
pour déguiser sa mauvaise humeur. Cependant arrivée au milieu de la plus belle
campagne du monde, elle éprouva cette
espèce de surprise qui réveille des idées
et des sensations agréables, et dans un
premier moment de plaisir et de ravissement, elle s'écria : quel séjour en-
chanté ! quel admirable jardin ! Armide
viendroit se promener ici, et pourroit se
croire chez elle. Sénécé qui observoit
avec soin Olympia, saisit l'instant de
cette émotion subite et dit : que n'ai-je le
pouvoir de cette belle et célèbre magi-
cienne, je ferais renaître bien vite les

tems des enchantemens. Mais je suis tenté de l'essayer ; et sur le ton de la gaîté, il annonça qu'il donneroit une fête toute en féerie. Quand ? quand ? s'écrièrent aussitôt plusieurs personnes. Sénécé en se tournant du côté de Lady Sommerset, lui dit : quel jour fixez-vous, Madame ? C'étoit déclarer qu'elle étoit l'unique objet de cette fête. Est-il au monde une femme assez peu vaine pour se trouver véritablement offensée, quand on veut lui faire jouer le premier rôle, et qu'on lui prodigue des hommages éclatans et exclusifs ? nous ne le croyons point ; même celles qui sont le plus habituées à ce triomphe, savent le goûter, parce qu'il est toujours piquant pour l'amour-propre.

Après s'être promené long-tems, après avoir admiré des arbres rares, des eaux magnifiques, des sites pittoresques, on parcourut une maison qui ressembloit, à l'extérieur, à un de ces temples décrits par Pausanias, et l'intérieur répondoit à la beauté des dehors. Combien on voit de gens à Paris qui sont tout-à-fait éclipsés par le faste qui les environne! Qui habite ce superbe hôtel? à qui appartient ce château admirable où les merveilles des arts sont réunies à tout ce que le luxe et l'industrie ont imaginé depuis trente années pour le perfectionnement de la vie sociale? Le maître de ces belles possessions est un homme riche, un homme qui a voulu avoir une galerie magnifique, une belle bibliothèque, des statues, des marbres, des métaux précieux; mais il est absolument étranger aux arts et aux lettres; il n'a pas même assez d'esprit et de goût pour aimer, pour apprécier la jouissance de ces appartemens commodes et élégans; ce n'est point pour lui qu'il les a fait arranger; les jours où il ne reçoit point, il est retiré dans quelques petites pièces inaperçues de sa maison, et alors seulement chacun peut le prendre pour le maître du lieu; les proportions sont

gardées. Il seroit injuste de dire qu'il en
est ainsi de Sénécé; non, il n'est point
au-dessous de l'idée que donne de lui
son entourage; car son esprit est cultivé,
son goût est délicat et il parle toujours
bien, même des choses qu'il ne sait point.
L'habitude d'être impertinent ne le rend
même pas incapable, lorsqu'il veut plaire,
de prendre un ton de douceur et de bonté; il quitte alors l'air de fatuité et d'ar-
rogance qui lui est naturel; ses regards,
son maintien, le son même de sa voix,
tout est changé; il est gai avec mesure, sa
politesse est attentive, et ses plaisanteries
ont de la grâce. Alors il est difficile d'être
plus séduisant. Madame de Bagneux eut
soin, d'ailleurs, de faire valoir tout ce
qu'il disoit; c'est un talent qu'elle possède
au suprême degré, et, dans cette occasion,
elle fut secondée par toute la société.
Olympia regardoit, écoutoit, et ne pouvoit pas assez s'étonner de trouver aimable
un homme qui lui avoit paru jusqu'alors

si haïssable. Cependant avant la fin du jour elle sentit son cœur oppressé en pensant que Nérévil l'attendoit en vain; elle se demandoit avec inquiétude ce qu'il penseroit de son absence. Distraite, préoccupée, Sénécé essaya de la tirer de sa rêverie; mais elle ne faisoit plus attention à ce qui l'entouroit. On revint tard à Paris, et pendant le voyage Olympia garda un profond silence.

CHAPITRE XIV.

En effet, en arrivant elle apprit que Nérévil s'étoit présenté deux fois inutilement chez elle dans la soirée. Le lendemain elle espéroit qu'il viendroit de bonne heure, mais la matinée s'écoula, et il ne vint point. — Je le verrai pour sûr ce soir au bal que donne la Garde Royale, se dit-elle; et avec cette douce idée, elle se para d'un charmant habit garni de fleurs. Ce costume donna à sa figure régulière et parfaite un éclat extraordinaire.

Depuis long-tems on est blasé sur les fêtes; cependant celle donnée à l'Odéon, à l'occasion du baptême de Monseigneur le Duc de Bordeaux, excita la plus vive curiosité, et on s'en faisoit d'avance l'idée la plus merveilleuse. On sait qu'il n'est point facile de répondre à une grande attente; dans cette circonstance, on a mieux fait, on l'a surpassée. L'enchante-ment commençoit en approchant de la place de l'Odéon, éclairée par de très beaux feux de Bengale. Après avoir franchi la première enceinte, on marchoit sur un chemin parsemé de fleurs ; arrivé dans l'intérieur de la salle , quel coup-d'œil éblouissant ! une superbe illumination, des décorations riches et de bon goût, enfin tous les prestiges qui éblouissent les yeux , faisoient de mille sensations diverses un ravissement continuel.

Si la réputation des grâces, des attraits et du goût des dames de Paris n'étoit point si bien établie, on auroit pu croire qu'elles s'étoient étudiées ce jour-là à en donner l'opinion qu'on en doit avoir ; jamais on n'a vu des toilettes plus fraîches, plus variées, plus brillantes; le feu des pierreries se marioit à l'éclat des couleurs du printems. Ce qui fait paroître les femmes si jolies en dansant, est cependant moins leur parure que la perspective de briller et de plaire; on peut assurer que ce desir les occupe plus vivement au bal qu'ailleurs, et on sait que tout ce qui anime leur imagination les embellit.

Mais pourquoi tout-à-coup ce profond silence dans une assemblée si nombreuse et naguère si bruyante? on voit tous les regards tournés du côté de la seule loge qui reste vide; on voit l'impatience et le desir briller dans tous les yeux; un événement intéressant semble occuper tous les esprits; enfin les portes de la loge s'ouvrent: une joie vive éclate de toutes parts, et l'émotion du plaisir et du bonheur se peint sur tous les visages. Quelle est donc cette apparition miraculeuse qui a excité des transports si grands, si unanimes? c'est une énigme que chacun devinera aisément.

Quelques momens après l'arrivée de la

Famille royale, on joua un vaudeville de
la composition de M. de Chazet. On
trouve le nom de ce fécond, de ce spirituel auteur partout où l'on fête un Bour-
bon, et nous ne nous en plaindrons pas !
Il est difficile d'adresser des louanges di-
rectes à des princes qui aiment mieux les
mériter que de les entendre ; mais les
circonstances ne permettoient point
qu'elles fussent plus détournées ; d'ailleurs aucune allusion n'auroit pu échapper
à des cœurs animés par l'amour et par la
reconnoissance ; aussi les intentions les
plus voilées furent saisies avec transport,
et des applaudissemens impétueux se faisoient entendre dans toutes les parties
de la salle. Il est permis d'oublier l'étiquette lorsque l'âme est fortement émue.

Aussitôt après le spectacle le bal commença ; alors les princes et princesses se
mêlèrent parmi les personnes invitées à
la fête. Moralistes austères, ne désapprou-

vez point les plaisirs, ils rapprochent les princes des hommes!

Est-il vrai, comme beaucoup de gens osent le dire, que l'esprit de galanterie soit entièrement perdu en France? En sommes-nous au point qu'il n'y ait plus aucune différence entre la politesse française et celle des autres nations? Nous croyons que cet arrêt n'a pu échapper que dans un accès de misanthropie à des esprits aussi prévenus que chagrins. Au reste ce n'est point la seule injustice contemporaine dont nous ayons à nous plaindre; espérons que la vérité survivra, et qu'on rendra un jour justice à tout le monde. En attendant proclamons hautement que Messieurs les officiers de la garde royale et des gardes-du-corps ont fait les honneurs du bal qu'ils ont donné, avec tout l'empressement, toute la grâce, toute la vivacité et toute la galanterie brillante et recherchée du siècle de

Louis XIV., et nous ne craignons point d'être démenti par aucune des dames qui ont assisté à la fête.

Cependant plusieurs heures se sont déjà écoulées; Lady Sommerset ne voyant pas Nérévil, commençoit à s'inquiéter de son absence, lorsqu'elle l'aperçut dans le coin d'une loge, assis derrière une femme jeune et remarquablement belle; il lui parloit à voix basse et avec vivacité. Olympia se troubla. Madame de Bagneux remarquant la pâleur répandue sur les traits de sa sœur, lui proposa de sortir pour prendre l'air. Olympia se leva, et Sénécé, qui ne s'étoit pas éloigné un instant d'elle, lui offrit son bras. En traversant le corridor la foule les sépara de Madame de Bagneux. Sénécé conduisit Lady Sommerset à une des extrémités du foyer où la chaleur étoit moins grande, et s'asseyant à côté d'elle il lui demanda d'un air inquiet comment elle se trouvoit?

Tous les signes de son indisposition avoient disparu ; mais s'apercevant tout-à-coup qu'elle étoit seule et pour ainsi dire tête à tête avec Sénécé, elle sentit ce malaise qu'on éprouve lorsqu'on croit blesser les convenances, et elle feignit de souffrir encore pour se dispenser de lui répondre. Madame de Bagneux rejoignit enfin sa sœur ; mais un moment auparavant Nérévil avoit passé devant la banquette où Olympia étoit assise, sans s'approcher d'elle, et sans lui parler ; cette affectation si marquée et si peu polie, joint au regard triste et sévère qu'il avoit jeté sur elle, lui causèrent autant de douleur que de surprise ; et dans le trouble qu'elle en ressentit, elle fut au moment de se trouver mal de nouveau. Qu'est-il donc arrivé ? quel changement depuis hier ! se dit-elle en soupirant, et abattue, consternée, elle n'éprouva plus d'autre désir que celui de se retrouver

seule; mais avec la douceur qui la carac-
térise elle cède aux instances de sa sœur
et rentre dans la salle. Long-tems elle
regarda autour d'elle d'un air inquiet;
ses yeux cherchoient celui qui la fuyoit;
à la fin voyant de loin Madame de Surville, elle dirigea ses pas de ce côté. Avec
cet art que les femmes possèdent si bien
de tout savoir en faisant des questions
indirectes, elle apprit que Nérévil étoit
venu au bal pour accompagner une de
ses parentes arrivée la veille à Paris, qu'il
s'étoit plaint d'un violent mal de tête, et
qu'il venoit de se retirer. Dès ce moment
Lady Sommerset sentit redoubler le desir
de quitter le bal; un ennui insupportable
lui fit paroître le reste de la soirée d'une
longueur mortelle.

Charmante Olympia, si jeune, si belle,
seroit-il vrai que vous fussiez déjà
trompée! Non, que l'on se rassure, elle
est plus aimée que jamais. Mais telle
beauté que puisse avoir une femme, elle

n'a une confiance parfaite dans le sentiment qn'elle inspire que lorsqu'elle n'aime
que foiblement; dès qu'elle est subjuguée,
sa jeunesse et ses charmes ne sauroient
la tranquilliser.

CHAPITRE XV.

Un ami de Nérévil étoit venu lui dire que le bruit couroit que Lady Sommerset épousoit Sénécé : une autre personne survient; elle confirme non-seulement la nouvelle, mais elle raconte la promenade au Jardin du Roi, la partie de campagne, et ajoute : Sénécé doit donner dans huit jours une fête magnifique; probablement on signera la veille le contrat de mariage.

Dans une âme calme et tranquille, les objets se peignent sous leur véritable forme; mais lorsqu'elle est émue, bouleversée par le coup le plus inattendu, elle ressemble à une eau agitée, qui confond, qui défigure tout ce qu'elle réfléchit.

8

Immobile, Nérévil douta d'abord s'il
avoit bien entendu, ensuite la jalousie le
jette dans ce trouble universel qui sus-
pend toutes les facultés. Son cœur et sa
raison lui disent qu'Olympia est incapable d'une semblable infidélité, presque
le jour même où elle venoit de lui faire
l'aveu de son penchant; mais il n'est pas
en état de les entendre. Il se rend au bal,
et se place dans le coin d'une loge pour
observer Lady Sommerset. En la contemplant, il sent déjà renaître presque
toute sa confiance; il la voit sortir, un
instant après il se lève pour la joindre,
mais il la trouve assise à l'écart, seule
avec Sénécé, qui lui parle et la regarde
avec l'expression de la tendresse. Alors
il reprend tous ses soupçons et se hâte
de se retirer. Nérévil passa la nuit dans
une agitation cruelle; pour lever enfin
un doute insupportable, pour faire cesser
un combat qui déchire son âme, il veut
écrire à Lady Sommerset; mais une ré-

flexion aussi prompte que l'éclair l'arrête.
Sa fortune est médiocre, celle de Sénécé
est immense, comment sa fierté pourroit-
elle supporter l'idée qu'Olympia lui feroit un sacrifice en s'unissant à lui ! C'est
en vain qu'un esprit supérieur voudroit se mettre au-dessus des misé-
rables considérations de la vie commune,
elles nous dominent en dépit de nous-
mêmes, et partout où des intérêts de fortune se présentent pour obstacle, on
n'ose plus se livrer avec abandon au sentiment. Les actions soumises aux lois,
inquiètent moins les âmes élevées que
celles qui ne dépendent que de la délicatesse. On peut trouver doux de s'immoler
pour un objet aimé ; on peut braver les
préjugés, risquer l'existence pour le sauver, pour le servir ; mais qui voudroit
jamais demander en retour le même dé-
vouement.

Au milieu des plus cruelles perplexités,
au milieu d'un chaos de pensées et de

8..

sentimens divers, Nérévil reçut un billet
de Lady Sommerset; il rompit le cachet
d'une main tremblante, comme si ce
billet devoit contenir le destin de sa vie;
cependant il ne renfermoit que peu de
lignes. Olympia rappeloit simplement à
Nérévil l'engagement qu'il avoit pris de
lui montrer tout ce que Paris offre de
beau et de remarquable.

Cette lettre étoit une aimable adresse
de Lady Sommerset pour engager Nérévil à venir la voir; elle avoit été assez
heureuse pour deviner en partie la vérité,
mais elle ne vouloit entrer dans aucune
explication par écrit; une lettre de cette
nature demande tant de mesure! au
reste, toute insignifiante que pouvoit
paroître celle d'Olympia, Nérévil y vit
une justification si complète, qu'il n'é-
prouva pas un moment la peine de l'incertitude; il part, il vole à l'instant même
chez son amie. Il arrive, il l'aborde: quel
trouble! quelle agitation! comme son

cœur bat avec violence! Il prononce quelques mots entrecoupés, et le son de sa voix trahit son émotion. L'accent dit tout; il persuade mieux que le langage le plus passionné! nous savons que les cœurs froids et insensibles ne croient point à cette toute puissance de l'amour; ils s'arrogent le droit d'en parler avec mépris et ironie; mais nous bravons ces plaisanteries, tout ce qui vient de l'âme est au-dessus de la moquerie.

— Où irons-nous aujourd'hui, dit Lady Sommerset avec douceur et crainte, et en détournant les yeux?

Entraîné par la passion, et dans l'ivresse de la plus douce réconciliation, Nérévil avoit osé presser avec transport plusieurs fois Olympia contre son cœur. Saisi de repentir, il se prosterna devant elle pour obtenir son pardon. Olympia lui tendant la main en souriant, répéta la même question. Un regard de Nérévil la remercia de son indulgence, et il se hâta de répondre d'un air soumis et tendre : allons admirer ensemble le plus beau de nos édifices, l'église de Sainte-Geneviève, qui a long-tems porté le nom de Panthéon.

Lady Sommerset et Nérévil partent aussitôt. Avec quel délice ils goûtent les charmes d'une des plus belles matinées! Ils jouissent, dans toute sa plénitude, du bonheur d'avoir retrouvé la paix du cœur qu'il est si affreux de perdre!

Pour aller dans la rue Saint-Jacques, on passe dans des quartiers où presque toutes les rues retracent des souvenirs historiques. Nérévil sait que les entretiens qui expliquent le passé plaisent à Olympia; c'est une manière agréable et animée de s'instruire! A mesure que les objets passoient devant les yeux de Nérévil, il cherchoit à se rappeler des faits remarquables et des anecdotes intéressantes. Il lui fit d'abord remarquer les superbes quais bordés de palais qui servent comme de ceinture au plus beau et au plus vaste faubourg de Paris. Sous le règne de Louis XIII, le faubourg Saint-Germain n'offroit encore que l'aspect d'une campagne mal cultivée; par quel prodige une ville magnifique s'éleva-t-elle tout-à-coup sur les débris d'un misérable hameau ? Cette métamorphose se fit si promptement, que, rempli d'admiration à la vue de tant de merveilles, le grand Corneille s'écrie dans une de ses comédies:

Paris semble à mes yeux un pays de roman.
J'y croyais ce matin voir une île enchantée;
Je la laissai déserte, et la trouve habitée.
Quelqu'Amphion nouveau, sans l'aide des maçons,
En superbes palais a changé ces buissons.

Et plus loin, faisant allusion aux quartiers de Richelieu et de Montmartre, il ajoute:

Toute une ville entière, avec pompe bâtie,
Semble d'un vieux fossé par miracle sortie.

Tout cet assemblage d'habitations que

vous voyez, poursuivit Nérévil, en arrivant sur le quai Malaquais, étoit autrefois les jardins du palais de la célèbre Marguerite de Valois , première femme de Henri IV. La beauté de Marguerite égaloit ses grâces. Des princes étrangers venoient de loin passer deux heures incognito à Paris pour la voir danser à un bal paré. Heureuse si au milieu d'une cour si dangereuse à la vertu par son extrême volupté, cette jeune reine eût mieux aimé y briller comme une seconde Blanche de Castille, que d'y rappeler le souvenir des femmes trop célèbres par leurs attraits, leur séduction, et leurs foiblesses (1).

---

(1) Voici l'épitaphe qu'on fit à cette princesse. Les vers en sont si remarquables pour le temps où ils ont été faits, qu'ils méritent d'être cités :

« Cette brillante fleur de l'arbre des Valois,
» En qui mourut le nom de tant de puissans rois,
» Marguerite, pour qui tant de lauriers fleurirent,
» Pour qui tant de bouquets chez les Muses se firent,

Plus loin l'hôtel de Nesle occupoit jadis tout l'espace entre la Monnoie et le Pont-Neuf. C'est dans cet hôtel, qui a vu tant de choses étonnantes, que la jeune et malheureuse Henriette de Clèves apporta en frémissant d'amour et de douleur, la tête sanglante de l'objet infortuné de son amour (1). Seule, au milieu des ténèbres, elle se rend sur la place de Grève, où étoit exposée cette tête si chère; elle l'enlève, la porte chez elle, l'embaume de ses propres mains, et la

---

» A vu fleurs et lauriers sur sa tête sécher,
» Et par un coup fatal les lys s'en détacher.
» Las! le cercle royal dont l'avait couronnée,
» En tumulte et sans ordre un trop prompt hyménée,
» Rompu du même coup, devant ses pieds tombant,
» La laissa comme un tronc dégradé par le vent.
» Epouse sans époux, et reine sans royaume,
» Vaine ombre du passé, grand et noble fantôme,
» Elle traîna depuis les restes de son sort,
» Et vit jusqu'à son nom mourir avant sa mort. »

(1) Coconas, décapité en 1574.

8...

place dans un cabinet au chevet de son lit. Plus tard ce même cabinet fut arrosé des larmes de sa petite-fille, dont l'amant eut la même destinée (1).

En nous avançant un peu plus, tout au bout du quai des Grands-Augustins, étoit anciennement l'hôtel d'Hercule, donné par Louis XII au chancelier Duprat. Son petit-fils Nantouillet se vantoit avec insolence d'avoir les ennemis les plus puissans de l'Europe. « J'ai nargué, » disoit-il, la reine Élisabeth à Londres; » je parle tous les jours fort mal des » maîtresses du duc d'Anjou et du roi » de Navarre (2), et j'ai eu le plaisir de » manquer de parole au duc de Guise. » Ces trois jeunes princes lui mandèrent un jour qu'ils iroient souper chez lui; il chercha vainement à éluder cet honneur. Après le repas, les gens de la suite des

---

(1) Le comte de Cinq-Mars, décapité en 1642.
(2) Henri III et Henri IV.

princes jetèrent par les fenêtres toute la vaisselle et les meubles. Le lendemain on lut dans l'Étoile, un journal du tems, que le premier président avoit été trouver le roi (1), et qu'il lui avoit dit que tout Paris étoit ému de ce qui s'étoit passé dans la nuit; que l'on assuroit que Sa Majesté y étoit en personne, et l'avoit fait pour rire. Le roi ayant répondu que ceux qui le disoient avoient menti, le premier président répliqua : j'en ferai donc informer Sire. — Non, non, reprit le Roi; dites à Nantouillet qu'il auroit affaire à trop forte partie s'il en veut demander raison. Malgré toute sa prédilection pour la France, Lady Sommerset se récria vivement sur cet abus de la force : comment est-il possible, dit-elle, que des entreprises qui attaquoient si ouvertement les droits les plus sacrés, aient pu demeurer impunies! L'emportement

---

(1) Charles IX.

de la vengeance, répliqua Nérévil, servoit
alors d'excuse à tout, et il est trop vrai
que ces sortes d'actions n'étoient point
blâmées et punies comme elles le seroient
maintenant (1). C'étoient les mœurs de
la nation à cette époque. Les femmes
mêmes se livroient quelquefois aux
excès les plus condamnables. Peu de
jours après l'événement que je viens
de vous conter, Mademoiselle de Rieux,
une des offensées, belle comme un ange
et fière comme une Bretonne, passant à
cheval sur le quai de l'École en face de
nous à gauche, aperçut Nantouillet à
pied suivi de ses gardes un jour de cérémonie; elle part à l'instant comme un
éclair, le renverse, et le foule aux pieds
de son cheval. Dans une autre occasion

(1) Le maréchal de Tavannes, confident de Catherine
de Médicis, lui proposa sérieusement de la venger, en
allant couper le nez à la duchesse de Valentinois, sa ri-
vale. La reine eut beaucoup de peine, dit-on, pour l'empêcher de lui donner cette preuve de son attachement.

le duc de Guise poursuivit l'épée à la main, jusque dans l'antichambre du roi, un gentilhomme dont il croyoit avoir à se plaindre.

Une politesse et une civilisation générale font aujourd'hui, indépendamment des lois, la sûreté de la société civile. Cette sécurité parfaite, il faut en convenir, est un bienfait des lumières, des usages, et des sentimens introduits au commencement de la seconde moitié du dernier siècle. Avant cette époque, si nous en devons croire les auteurs qui ont écrit sur les mœurs, l'effervescence des jeunes gens de Paris, leur goût pour la licence, troubloient fréquemment la tranquillité publique. On assure qu'ils s'amusoient souvent à battre le guet, à casser les lanternes, à frapper aux portes, à enlever les soupers qui sortoient du four, à souffleter la servante et à déchirer la robe du commissaire.

Avant de quitter le quai des Grands-

Augustins, Nérévil montra à Olympia l'angle d'une rue où François Ier. avoit fait bâtir un petit palais qui communiquoit à l'hôtel de la Duchesse d'Étampes, situé dans la rue de l'Hirondelle. L'auteur des *Essais sur Paris* dit qu'on y distinguoit encore de son tems des peintures à fresques, des salamandres accompagnées d'emblêmes et de devises tendres et ingénieuses ; il cite un cœur enflammé placé entre un alpha et un oméga, pour dire apparemment *il brûlera toujours*. Le cabinet de bain de la Duchesse servoit alors d'écurie à une auberge qui avoit retenu le nom de Salamandre ; un chapelier faisoit sa cuisine dans la chambre à coucher du Roi, et la femme d'un libraire étoit en couches dans son petit salon de délices. Qu'on a tort de s'agiter, de se tourmenter dans un monde où rien ne dure, où tout change sans cesse de nom et de forme, et où le présent ne ressemble jamais ni au passé ni à l'avenir !

Un moment avant d'arriver à Sainte-Geneviève, Nérévil fit arrêter la voiture de Lady Sommerset devant une assez vilaine maison de la rue de La Harpe. C'étoit ici, dit-il, qu'existoit autrefois le palais des Thermes, bâti par l'empereur Julien. Ce palais devint ensuite la demeure ordinaire de plusieurs de nos rois de la première race. On voyoit un aquéduc sur la montagne de Sainte Geneviève; un cirque et un amphithéâtre occupoient tout l'espace entre cette rue et la place de la Sorbonne. De tant de vastes édifices une seule voûte subsiste encore, elle est au fond de cette maison, qui n'est remarquable que par ce débris romain.

Enfin Lady Sommerset aperçut ce temple élégant dont la coupole semble être placée dans les airs. Nérévil jouissoit de la surprise et de l'émotion d'Olympia, en regardant le superbe édifice que Louis XV fit élever à la gloire de la France et à la gloire de la religion. Si la vraie religion

avoit besoin du concours des beaux-arts
pour se faire sentir au cœur de l'homme,
c'est sans doute ici, dit Nérévil, qu'elle par-
leroit d'une voix toute puissante sur l'âme
et sur l'imagination; car c'est ici, c'est
sous ces voûtes majestueuses qu'on peut
donner aux cérémonies saintes un éclat
et une dignité proportionnés à leur objet.

A la bataille de Tolbiac, Clovis, en
tentant tous les moyens de vaincre, ne
croyoit marcher qu'à la conquête d'un
royaume, et il marchoit à la conquête de
la vérité. Après la victoire, ce premier
Roi chrétien des Français, fonda une
église en l'honneur de Saint Pierre et
Saint Paul; et cinq anuées plus tard, le
3 janvier, on enterra dans la chapelle
souterraine le corps d'une femme sortie
de la plus obscure des demeures, mais
destinée par le ciel à joindre un jour à la
gloire d'être la patronne de Paris, celle
de donner son nom à l'église qui renfermoit sa tombe. L'or et les diamans n'ont

jamais brillé sur l'aimable front de la pauvre et modeste fille de Nanterre, mais ils furent prodigués à la châsse qui renfermoit ses cendres : reliques saintes qui guérissoient l'infirme et consoloient l'affligé ! qu'elle est sublime cette foi divine, compagne assidue de la religion et de la vertu ! Dans des petits billets écrits à la main et appliqués aux colonnes les plus près de l'autel de la Sainte, on lisoit autrefois des prières exprimées dans un langage aussi simple que touchant. En voici deux qu'une personne a recueillies sur le lieu même, quelques années avant la révolution :

« On recommande à vos prières une » jeune femme environnée de séducteurs » et prête à succomber. »

« On recommande à vos prières un » jeune homme qui voit mauvaise com- » pagnie et qui lit des livres dangereux.»

Il n'est pas possible, dit Nérévil, en

sortant de l'église, d'être si près de l'Observatoire, et de ne pas vous faire voir un édifice aussi magnifique que singulier, car il n'est entré ni fer ni bois dans sa construction. Claude Perreau en fit les dessins ; Colbert étoit alors ministre : c'est ainsi que presqu'à chaque pas qu'on fait à Paris, le siècle de Louis XIV se retrace à la mémoire. De tous les monumens dont ce prince a doué Paris, il n'en est point dont le goût soit plus pur et l'exécution plus parfaite ; mais ce n'est non-seulement sa beauté réelle, c'est sa destination qui lui imprime un grand caractère de noblesse et d'utilité.

Lady Sommerset et Nérévil s'arrêtèrent long-tems dans la salle où Chazelles et Sédillan ont dessiné une carte universelle en cercle sous la direction de Cassini. Attiré en France et reçu par Louis XIV, comme Sosistène a été jadis attiré et reçu à Rome par César, cet illustre astronome se rendit digne des dons et des honneurs qu'on lui prodigua. Quelle science, que celle qui apprend à connoître le secret de l'univers! secret sublime, qui paroît encore incompréhensible même après avoir été pénétré!

CHAPITRE XVI.

Il y a des gens à Paris qui vivroient cent ans, sans faire une seule réflexion sérieuse, si des événemens malheureux ne venoient point de tems en tems leur rappeler que nous avons encore plus de facultés pour souffrir que pour jouir. C'étoit la première fois que Madame de Bagneux éprouvoit la cruelle nécessité de penser à autre chose qu'à ses plaisirs. Il falloit trouver un moyen pour engager Lady Sommerset à consentir d'épouser Sénécé; mais comment s'y prendre? on ne pouvoit plus songer à la brouiller avec Nérévil par des mensonges maladroits; les artifices imaginés pour donner à son rival le droit de se glorifier de quelques complaisances insignifiantes, avoient tout aussi peu réussi ; il ne restoit donc que le moyen de la persuasion. Madame de Bagneux s'y détermina ; elle a une grande confiance dans son éloquence, et croit qu'il suffit de quelques phrases heureuses pour séduire l'esprit le plus opiniâtre. Pour commencer, elle prit un long circuit ; elle parla d'abord de Nérévil ; elle vanta son esprit, son talent, cette fidélité pour la cause qu'il avoit embrassée, fidélité digne des plus grands éloges. Puis elle le plaignit d'être entièrement ruiné par la vente de ses biens ; je sais, dit-elle, qu'il a l'espoir d'arriver aux honneurs et à la fortune, mais il marche sur un terrain bien glissant, bien mobile ; jamais les espérances qui se rattachent à des succès de parti, n'ont été plus souvent et plus hautement confondues qu'aux tems actuels. Elle fit ensuite envisager sous toutes ses formes, le bonheur de posséder une fortune considérable et

indépendante : vous n'avez pas encore
assez vécu dans le monde, ma chère
Olympia, continua-t-elle, pour savoir
combien les richesses environnent une
femme de jouissances, d'éclat et de considération. Ensuite, avec beaucoup de mesure et d'habileté, elle prouva à sa sœur
qu'elle étoit trop jeune pour rester libre;
qu'il faudroit tôt ou tard qu'elle se déter-
minât à prendre un nouvel engagement;
qu'elle devoit se laisser guider dans une
occasion si importante, et ne point rejeter
les conseils d'une amitié aussi éclairée que
tendre. Ce ne fut qu'après tous ces dé-
tours qu'elle parla enfin de Sénécé. Elle
peignit sa passion de manière à toucher
le cœur d'une femme sensible; mais elle
s'attacha surtout à détailler avec art les
avantages immenses de cette union du
côté de la fortune; et les propositions
étoient en effet si magnifiques, que Madame de Bagneux ne doutoit point que
Lady Sommerset n'en fût éblouie.

Quand l'amour fait des sacrifices il l'ignore, parce qu'ils ne lui coûtent point d'effort ; Olympia ne crut pas acquérir un droit à la reconnoissance de Nérévil en refusant ces brillantes offres. La Comtesse essaya vainement de la faire changer de résolution, elle persista dans son refus avec une fermeté qui ne laissoit aucun espoir.

Cependant chaque jour les affaires de M. de Bagneux se dérangeoient davantage, et le moment étoit venu où, faute de payer, on alloit saisir ses biens et le poursuivre.

On est peut-être curieux de savoir quel parti on prend à Paris dans une situation si désespérée ? il est facile à deviner ; l'économie est de toutes les ressources la plus sûre, la plus facile ; on réforme sa dépense, et on sacrifie sa vanité à son repos. Non, M. de Bagneux sacrifie son repos à sa vanité, il fait un de ces emprunts ruineux qui ne laissent plus la possibilité d'en faire aucun; il appaise avec des à-comptes ses créanciers les plus mutins; ensuite, pour en imposer aux autres, il fait un surcroît de dépenses; il augmente le train de sa maison, il renouvelle ses équipages et les meubles de ses salons; il prend le meilleur cuisinier, et il parvient à soutenir encore pour quelque tems son crédit. Nous savons que les gens qui vivent loin de Paris, regarderont ce récit comme un conte fait à plaisir; mais ce n'est point notre faute si, en parlant des mœurs de notre siècle, la vraisemblance manque à la vérité.

CHAPITRE XVII.

Il faut se garder d'élever son esprit trop au-dessus des autres, car on finit par se sentir comme isolé au milieu de la société. Mais ce détachement de tout ce qui est vulgaire n'a plus d'inconvénient, quand on peut communiquer ses pensées les plus intimes à quelqu'un qui voit et qui sent de même. Lady Sömmerset et Nérévil s'entendent si bien! Des conversations inépuisables, une gaîté douce qui se mêle aux émotions les plus vives, une confiance parfaite, une sécurité délicieuse dans le sentiment qui les unit, des qualités opposées, mais qui tiennent à la différence de leur sexe, et qui ne sont dès-lors qu'une harmonie de plus, leur

9

font connoître ce bonheur rare et inex-
primable qui est un mystère pour ceux
qui n'ont pas aimé, mystère que personne
ne peut leur expliquer.

Le tems, qui avoit été constamment
beau depuis le commencement du printems, vint tout-à-coup à se déranger;
Nérévil proposa à Olympia d'interrompre
leurs courses du matin et de consacrer
les soirées à aller aux différens théâtres.
Les beautés sublimes dont la scène française retentit depuis deux siècles, lui
donnent sans contredit le premier rang
parmi les nations. Les tragédies et les
comédies de nos grands maîtres offrent
le plaisir et la perfection sous toutes les
formes. Malheureusement la satiété du
beau a amené le goût du bizarre. L'amour
du singulier fait oublier aujourd'hui
toutes les convenances. On se demande
si c'est sur un théâtre français qu'on a
osé offrir le spectacle révoltant des crimes
et des châtimens sanglans d'une armée

française !... cependant les *Vêpres Sici-
liennes* ont eu du succès ! mais c'est bien
dans cette occasion qu'on peut dire que
le succès n'est point la réputation. M. Ca-
simir Delavigne a trop d'esprit pour ne
pas sentir la vérité de cette critique, et
trop de talent pour ne pas la souffrir ;
car nous présumons qu'il n'est pas de ces
auteurs qui n'ont de la force que pour
supporter les applaudissemens, du courage que pour endurer les louanges,
qui s'offensent d'un seul murmure, et se
révoltent de la moindre observation.

Nérévil voulant observer les gradations
et arriver par degrés au sublime, commença par conduire Olympia aux théâtres
d'un ordre inférieur.

On a depuis si long-tems de l'esprit
en France qu'il semble que le germe en
devroit être épuisé ; mais il paroît que ce
sol est intarissable. Lady Sommerset vit
débuter au Gymnase-Dramatique, dans
une pièce charmante, un enfant dont les

9..

talens et les grâces électrisèrent, enflam-
mèrent les têtes parisiennes. Les journaux
ont épuisé toutes les formules d'admiration pour louer la jeune Léontine Fay.
Il est certain qu'à neuf ans cette petite
fille semble, par la finesse de son jeu,
deviner les pensées les plus secrètes de
l'auteur.

Le Vaudeville, le Gymnase, les Variétés sont obligés pour se soutenir de
donner tous les huit jours des nouveautés;
il n'est donc pas étonnant qu'ils jouent
souvent des pièces médiocres, et même
quelquefois d'une trivialité pitoyable,
sans action, sans intrigue, sans dénoû-
ment, enfin tout-à-fait au-dessous de la
critique. Mais en compensation combien
de pièces délicieuses, aussi remplies de
traits heureux et spirituels, de scènes at-
tachantes, de situations comiques, qu'il
s'en trouve peu en beaucoup de grandes
comédies; et puis quelle foule de couplets
pleins de verve et de gaîté française!

Olympia s'amusa beaucoup à un joli vaudeville joué au théâtre des Variétés, *le Garde-Chasse de Chambord.* Cette pièce de circonstance est si pétillante d'esprit qu'elle auroit dû rester au théâtre. On ne peut mieux justifier cet éloge qu'en citant le couplet suivant, chanté par Brunet d'une manière très originale dans le rôle de M. *Dumoellon*, l'un des membres de la bande noire :

Si l'on m'eût donné le tems,
J'aurais, grâces à mes plans,
Mis aussi ras que la main
Et Compiègne et Saint-Germain.
Et, pour les pierres de taille,
Moi qui sais très bien compter,
J'aurais démoli Versailles
Si j'avais pu l'acheter. /
  J'ai démoli
    Chantilly,
  J'ai démoli
    Sceaux, Choisy,
    Le Rincy,
   Montmorency,
  Et j'ai démoli
    Marly....

— J'admire ma patience !
Quelle ardeur à démolir !
Grands démolisseurs de France,
Parlez donc de rebâtir !

Depuis que la prose nébuleuse de l'é-
cole romantique est à la mode, les mélo-
drames attirent la foule plus que jamais.
Les jolis romans de Walter-Scott sont
fréquemment mis à contribution par nos
mélodramaturges. Olympia assista à la
première représentation de la *Sorcière*;
tout le monde a voulu la voir; il y a tant
de gens à Paris plus curieux de la magie
noire ou blanche que de la magie du
style, et ce n'est pas cette dernière qui
est propre à charmer les amateurs d'un
bon et beau mélodrame.

Lady Sommerset avoit entendu parler
du talent de Potier; elle vit son jeu comi-
que dans le mandarin Ho-ang-pouf; c'est
sans contredit l'idéal de la bêtise, si on
peut s'exprimer ainsi.

Outre les cinq grands théâtres, il y a à

Paris huit théâtres d'un ordre inférieur.
Lady Sommerset s'étonnoit que le nombre en fût si considérable.—Le goût du public, répondit Nérévil, est tellement prononcé pour les spectacles, qu'ils sont aujourd'hui un objet de première nécessité. Les petits théâtres sont au surplus une chose fort utile à l'art dramatique. Un jeune artiste y peut essayer un talent naissant sans être intimidé par des comparaisons humiliantes; il s'habitue à se tenir en scène, et apprend à calculer les effets de sa voix. Je regrette que l'absence de Madame Perrin vous prive de voir une actrice qui déploie sur un petit théâtre la grâce et la perfection du jeu qu'on admire dans Mademoiselle Mars. Perlet, qui est devenu depuis deux jours l'objet de toutes les conversations (1), a trouvé

(1) Comme il est toujours intéressant d'observer les mœurs des habitans d'une ville comme Paris, il n'est peut-être pas inutile de rappeler qu'à la première repré-

un secret qu'on croyoit perdu, c'est
d'être simple et vrai, au lieu d'être faux
et outré. Son apparition sur les boulevards
ne sera qu'une promenade brillante; c'est
au Théâtre-Français qu'il doit fixer ses
pas; c'est là sa véritable place, le seul
terrain digne d'un aussi bon acteur.

---

sentation du *Comédien d'Étampes*, pièce fort gaie,
Perlet refuse, par un caprice bizarre, de chanter un air
dont l'orchestre avoit commencé la ritournelle. Le public
murmure, Perlet se retire, le rideau se baisse, se relève,
Perlet reparaît, mais persiste dans son refus de chanter;
les spectateurs indignés le forcent de quitter une seconde
fois la scène, et le commissaire de police vient annoncer
que Perlet est envoyé à la Préfecture de police, et qu'il
ne reparaîtra qu'après avoir fait au public une réparation
convenable. On discutait alors dans la Chambre des Députés les affaires de la plus haute importance; tout-à-coup
la politique a des milliers de déserteurs, on n'agite plus
dans les salons que la question : Perlet chantera-t-il, ou
ne chantera-t-il point? Fera-t-il des excuses ou n'en fera-
t-il pas? Le concours des spectateurs était aussi considérable le soir devant les portes du Gymnase que le matin
devant les portes de la Chambre des Députés. Cela ne
prouve-t-il pas que les intérêts sérieux seront toujours
entremêlés à Paris d'intérêts frivoles.

Nérévil convint avec Lady Sommerset qu'ils iroient à la Comédie Française chaque fois que les grands acteurs joueroient; car ordinairement, pendant les derniers mois de l'été , ce théâtre est frappé de langueur ; l'élite des comédiens va lever des contributions sur le reste de la France. C'est un impôt volontiers payé par l'admiration et le plaisir. Pour peu qu'on ait de la célébrité à Paris, on est sûr d'attirer tous les hommages des provinces. De même que les grands corps célestes forcent par l'attraction les petits corps à s'approcher d'eux et à entrer dans la sphère de leur activité, de même Paris exerce un pouvoir attractif et irrésistible sur les habitans des départemens. C'est Mademoiselle Mars, c'est Mademoiselle Duchesnois, c'est Talma qui font les expéditions les plus glorieuses. A leur retour, on les comble encore d'honneurs et de richesses. Il faut l'avouer, les tems où nous vivons ne sont pas malheureux pour ceux qui savent bien jouer leur rôle.

Aux représentations des chefs-d'œuvre de Corneille, de Racine, de Voltaire, Olympia s'étonnoit souvent que beaucoup de vers qu'elle savoit par cœur, lui paroissoient si nouveaux qu'elle croyoit les entendre pour la première fois. — C'est l'accent, le geste, le regard de l'acteur qui produisent cet effet, lui disoit Nérévil; la perfection de la déclamation est une mélodie continuelle qui se mêle à l'expression des sentimens. Voltaire adresse à l'actrice qui créa le rôle de Zaïre, des vers qui commencent ainsi :

> Jeune Gaussin, reçois mon tendre hommage;
> Reçois mes vers au théâtre applaudis;
> Protège-les : Zaïre est ton ouvrage;
> Il est à toi, puisque tu l'embellis;
> Ce sont tes yeux, ces yeux si pleins de charmes,
> Ta voix touchante et les sons enchanteurs,
> Qui du critique ont fait tomber les armes.

Après avoir assisté à une représentation

du *Misanthrope*, Lady Sommerset demanda à Nérévil de lui expliquer pourquoi les auteurs aujourd'hui n'exposoient point, comme Molière, sur la scène, le tableau dramatique et animé des mœurs de leur siècle; surtout, ajouta-t-elle, lorsqu'une société nombreuse et brillante offre de toutes parts tant de vices et de ridicules, ressorts véritables de la haute comédie?—C'est une carrière qui a été ouverte et fermée par Molière, répondit Nérévil; tous ceux qui ont voulu l'atteindre ou seulement lui ressembler, sont restés loin de lui. On trouve dans plusieurs de nos comédies modernes, de l'esprit, du talent, de la gaîté, des vers bien faits, même dans quelques-unes une peinture assez fidèle de nos travers; mais Molière a fait plus que peindre des mœurs et des ridicules qui passent, ses comédies sont la peinture de l'esprit humain; en les lisant attentivement, elles suppléeroient à l'expérience; il montre les hommes tels qu'ils sont et tels qu'ils seront toujours, foibles, vains et sots. Le tableau qu'il fait de leurs vices est si vrai, qu'on assure avoir entendu dire à un avare de bonne foi, qu'il avoit beaucoup profité en lisant l'*Avare* de Molière, et qu'on pouvoit tirer d'excellens principes d'économie de cet ouvrage.

A une représentation des *Femmes savantes*, lorsque Vadius, après avoir parlé comme un sage sur la manie de lire des vers, tire gravement de sa poche un cahier, en disant : *voici de petits vers*, La Harpe raconte qu'il a vu un spectateur saisi d'une surprise réelle: il avoit pris Vadius pour le sage de la pièce. Voilà de ces traits qui confondent!

CHAPITRE XVIII.

L'Opéra si long-tems négligé au théâtre de la salle Favart, et à la fin abandonné au théâtre de la rue Louvois, tout-à-coup

Lève un front moins timide, et sort de ses ruines.

On a bien raison, la critique est comme ces fantômes qui s'évanouissent dès qu'on n'en a pas peur. On ne s'est pas arrêté à tout ce qu'on a dit et écrit contre l'emplacement et contre la construction du nouveau temple élevé à Polymnie et à Therpsicore, et le succès a justifié ce courage. Le public s'est avisé de prendre une belle passion pour l'Opéra, depuis qu'il est établi dans la nouvelle salle, et nos derniers neveux apprendront avec étonnement, qu'en 1821, au milieu des chaleurs de la canicule, ce théâtre n'a pas cessé de faire des recettes d'hiver.

Madame de Surville offrit à Lady Sommerset une place dans sa loge le jour de l'ouverture : c'étoit pour la première fois qu'elle assistoit à ce spectacle bizarre et magnifique, qui satisfait toujours les yeux, rarement les oreilles, et jamais la raison ; mais en voyant cette troupe de déesses et de nymphes légères et charmantes, on oublie facilement la raison !

Le vieux marquis de Limoges étoit assis derrière Olympia. Le nom d'homme aimable est souvent usurpé, mais pour ceux qui connoissent M. de Limoges ce n'est point un vain nom; personne ne parle avec une grâce et une facilité plus remarquables : il est vrai qu'il a toujours eu soin de marcher avec les idées du siècle, il n'a pas resté en arrière, et il n'a pas le défaut si commun à un grand

nombre de gens âgés, de ne jamais
écouter; il sait que rien n'indique davantage un esprit qui baisse; enfin il a autant
de coquetterie pour son esprit que Fontenelle en avoit pour sa taille, lorsqu'à
quatre-vingt-huit ans il s'asseyoit sur un
tabouret pour éviter de se courber. Le
marquis a des connoissances générales
sur tout, et une attention continuelle lui
donne souvent des idées nouvelles sur
les choses les plus rebattues. Vous voyez,
Madame, dit-il, en adressant la parole à
Olympia, les efforts que nous faisons à
Paris pour amuser les gens atteints de la
maladie de l'ennui! comme nous tour-
mentons tous les arts! la poésie est asser-
vie à la musique, la musique à la danse;
et tout cela pour prouver notre impuis-
sance et notre déraison; car un héros
qui chante perd assurément toute dignité
dramatique, et des danses voluptueuses
au milieu des destructions et des tom-
beaux, sont une extravagance bien ridi-

cule. — A l'Opéra on tolère toutes les
extravagances, interrompit Madame de
Surville, pourvu qu'il y ait du spectacle
et des danses; et aucune nation, vous en
conviendrez, ne peut avoir la prétention
de nous surpasser de ce côté là; le sceptre
de la danse nous appartient exclusive-
ment, et du moins, à cet égard, nous
méritons notre réputation de légèreté.
— Tous les ans, dit un jeune homme,
nos danseurs et nos danseuses vont dans
les capitales de l'Europe faire un heureux
échange de pirouettes et d'entrechats
contre de l'or et des diamans; mais
jusqu'ici nous ne vendions pas fort cher
nos roulades, et il est flatteur pour la
gloire des arts en France, de voir qu'un
gosier français excite à Naples les plus
vifs applaudissemens. Je voudrois qu'on
m'expliquât comment Mademoiselle
Chaumel, qui a chanté il y a quatre à cinq
ans à Paris, où elle n'étoit pas même remarquée, charme aujourd'hui des oreilles

italiennes ? — Vous connoissez le refrain
d'une chanson devenue populaire, répondit en souriant Madame de Surville, Rossini a donné des leçons à Mademoiselle
Chaumel. — Rossini a de nombreux ad-
mirateurs, répliqua le marquis; on le place
au-dessus des grands maîtres de l'Italie et
de l'Allemagne ; mais il lui manque peut-
être les suffrages les plus flatteurs, ceux
d'un petit nombre de véritables connois-
seurs. Beaucoup de gens à Paris aiment
la musique sans avoir d'oreilles, et les vers
sans avoir de goût ; cependant tout le
monde veut juger, louer, critiquer ; et
plus on a d'esprit, plus on déraisonne lorsqu'on parle d'une chose qu'on n'entend
point ; c'est une de ces petitesses qui sont
pour les gens du monde une source incroyable de ridicules. Leur tort est d'autant plus grand que des hommes très aimables, même des hommes de génie, ont
le malheur de naître avec des organes insensibles à toute harmonie. Buffon décla-

roit hautement qu'il méprisoit les vers ; il
n'en connoissoit pas même les règles : il
s'avisa un jour d'en faire pour mettre au
bas du portrait de Madame Necker; ils
manquoient par la rime et par la mesure.
On le lui fit remarquer : « Je n'ai jamais
souhaité, répond-il, retenir toutes ces
choses factices qui ne sont fondées sur
rien, et qui sont uniquement l'effet du caprice des hommes. » Ignorance délicieuse
et incroyable dans un si grand et si savant
homme, ajoute Madame Necker, en ra-
contant ce trait. Et le marquis de Ximé-
nès, continua M. de Limoges, qui a fait
tant de vers gracieux et faciles, et qui ti-
rait encore des sons agréables de sa lyre
octogénaire, avait une aversion si décidée
pour la musique, que lorsqu'il entendait
chanter le rossignol, il s'écriait : « Tais-toi,
vilaine bête. » — Les deux exemples que
vous venez de citer, dit Madame de Surville, rappellent que Voltaire et Rameau,
faisant un opéra ensemble, le musicien

ne put jamais faire entendre au poëte une
note de musique, et le poëte au musicien
la beauté d'un de ses vers, de sorte qu'il
s'éleva les querelles les plus terribles entre eux tout en parlant d'harmonie. — A-
propos de Rameau, reprit le marquis, je
me rappelle qu'un de mes oncles m'a conté
l'avoir connu dans sa jeunesse : il le trouva
un jour en visite chez une dame ; tout-à-
coup elle vit Rameau se lever de dessus
sa chaise, prendre un petit chien quelle
avait sur ses genoux, et le jeter subite-
ment par la fenêtre. — Eh ! que faites-
vous, Monsieur, s'écrie la dame épouvan-
tée ! — *Il aboye faux*, répondit Rameau
en se promenant avec l'indignation d'un
homme dont l'oreille avait été déchirée.

La conversation cessa, le spectacle ve-
nait de commencer ; il fallut subir la mortelle longueur d'un grand opéra plus
bruyant que mélodieux. Sans le charme
des danses, la beauté des décorations,
dont le coup-d'œil gracieux et brillant

surpasse les fêtes les plus pompeuses des autres pays, Olympia seroit sortie fort mécontente et fort ennuyée de ce spectacle si vanté.

La chaleur avait été excessive; ces dames, après avoir été enfermées toute la soirée, sentirent le besoin de prendre l'air; elles mirent pied à terre sur le boulevard. Le marquis proposa d'entrer au café Tortoni pour prendre des glaces. Gransay, aussi connu par son avarice que par ses richesses, donnoit le bras à Madame de Surville. Au moment de monter le petit escalier qui conduit à ce rendez-vous célèbre de la bonne et mauvaise compagnie, elle aperçut une pauvre femme couverte d'un vêtement en lambeaux; elle tenait un enfant presque nu dans les bras. Touchée, troublée à la vue de tant de misère à côté de tant de luxe, Madame de Surville s'arrêta tout-à-coup et dit à Gransay, je n'ai point d'argent sur moi; donnez quelque chose à cette pauvre fem-

me. — Je lui ai déjà donné, répondit-il.
Elle le regarda d'un air étonné en lui disant : Je ne l'ai pas vu, mais je le crois.
Le marquis, qui était derrière elle, lui dit
tout bas : Moi je l'ai vu, et je ne le crois
point.

A peine ces dames furent assises, que
deux jeunes gens s'approchèrent d'elles
d'un air sans façon, et cet air étoit fort
ridicule, puisqu'elles les connoissoient à
peine. Lorsque ces Messieurs se furent
retirés, le marquis observa que beaucoup
de jeunes gens aujourd'hui ne savent
point qu'un ton d'abord familier est du
plus mauvais goût, et que ce n'est que
graduellement qu'on peut s'éloigner par
des nuances délicates de cette formule de
stricte politesse que l'usage a établie dans
la bonne compagnie.

En sortant du café le tems étoit si beau
que Lady Sommerset proposa d'aller à
pied, et d'envoyer les voitures à l'entrée
du faubourg Saint-Honoré.

C'était un plaisir tout nouveau pour
Olympia de contempler Paris la nuit en
se promenant le long des boulevards par
un beau clair de lune. En passant à côté
de la rue de Surène, elle demanda à Nérévil à quoi on destinoit les colonnes élevées sur la place vis-à-vis cette rue. — A
une église, répondit le vicomte : elle a été
commencée avant la révolution ; les tra-
vaux en étaient depuis long-tems suspen-
dus, lorsque dans un accès d'exaltation et
d'orgueil, Bonaparte conçut le projet d'y
élever un temple à la Gloire. Ce temple
devoit, à l'instar de ceux des conquérans
barbares, être tout revêtu d'argent et d'or
massif de la dépouille des ennemis. Aujourd'hui il est rendu à sa première destination ; et comme les cendres de Louis
XVI et de Marie-Antoinette ont long-
temps reposé dans son enceinte, cela
serait rendre un service à la morale publique que d'achever promptement ce
pieux monument.

Il étoit plus d'une heure du matin, Madame de Surville devoit partir à la pointe du jour pour aller aux eaux de Spa ; elle dit que ce n'était plus la peine de se coucher : ses amis lui proposèrent de veiller avec elle jusqu'au moment de son départ.

M. de Limoges fut ravi de cet arrangement ; une veillée lui rappeloit sa jeunesse et une foule de souvenirs agréables. Autrefois on mettoit une espèce de gloire à prolonger jusqu'au jour un bal ou une soirée ; on n'avoit pas même besoin de ce prétexte pour veiller toute une nuit. Les gens raisonnables et les ennuyeux alloient se coucher à minuit ; les autres s'enfermoient, s'établissoient autour d'une grande cheminée, ou sur d'énormes canapés, et on se préparoit à causer, comme on se dispose à dormir. Aujourd'hui on ne veille plus, la santé et la beauté des femmes y gagnent beaucoup ; elles ne sont pas privées pour cela de ce plaisir, de ce besoin

de causer qu'on ne trouve nulle part au
même degré qu'en France. On ne peut
point remonter à son origine, car César, en parlant des Gaulois, les peint
curieux et causeurs à l'excès. Ils arrê-
toient les voyageurs, dit-il, et s'attrou-
poient autour d'eux dans les places publiques, en leur demandant d'un air
poli et affable des nouvelles; et Volnay
raconte que des Français émigrés avoient,
pendant la révolution, établi une colonie
pour défricher des terres en Amérique;
mais de tems en tems ils quittoient toutes
leurs occupations pour aller, disoient-ils,
causer à la ville, et cette ville étoit la
Nouvelle-Orléans, située à six cents lieues
de leur demeure.

CHAPITRE XIX.

Malgré le bonheur de sa situation présente, Nérévil croyoit cependant qu'il pourroit la rendre plus heureuse encore ; il sentoit que la félicité suprême consisteroit à s'assurer à jamais la possession d'Olympia, et il osa la presser timidement mais vivement de lui dire quand elle consentiroit à combler tous ses vœux ? Comme leur union n'avoit besoin d'autre préparatif que leur consentement, ils purent en fixer le jour à une époque fort rapprochée.

On croit aux pressentimens, et on a tort. Observez attentivement, c'est presque toujours dans le moment où vous pourriez jouir de quelques momens de

10

repos et de tranquillité, que vous vous agitez, que vous vous tourmentez, et lorsque vous êtes dans un état de sécurité et de confiance parfait sur votre sort, c'est souvent l'instant où il vous accable par un coup inattendu!

Lady Sommerset et Nérévil, tout occupés du charmant espoir de former le nœud le mieux assorti, étoient loin de s'attendre qu'à des jours passés dans cette douce intelligence de deux cœurs remplis et charmés l'un de l'autre, alloient succéder le trouble, les contrariétés, et la douleur de la séparation.

Ne sachant rien de ce qui se passoit, Lady Sommerset se livroit aux charmes d'un doux sommeil, quand tout-à-coup la porte de sa chambre s'ouvre brusquement. Madame de Bagneux entra d'un air égaré; ses yeux étoient rouges, et l'expression du désespoir se peignoit dans tous ses traits. Olympia la questionna vivement; à travers mille sanglots, la

Comtesse apprit à sa sœur que l'on venoit
d'arrêter M. de Bagneux pour des lettres-
de-change de trois mille louis; et d'une voix
étouffée par la douleur et la honte, elle
supplia Lady Sommerset d'aller chez son
banquier pour l'engager de répondre de
cette somme. Ma sœur, ajouta-t-elle, si
vous ne voulez pas me voir mourir à l'instant, délivrez-moi de la crainte horrible
de voir mon mari traîner en prison.
L'infortunée, en achevant ces mots, laissa
tomber sa tête sur son sein, et resta sans
mouvement dans l'accablement le plus
profond!

Nullement familiarisée avec ces sortes
d'affaires, Olympia entrevit cependant
parfaitement bien les conséquences de
l'engagement qu'on vouloit lui faire prendre. Mais si son esprit est juste, son cœur
est encore plus sensible. Saisie et tremblante, elle chercha avec douceur à con-
soler sa sœur : tranquillisez-vous, lui dit-
elle, je consens à tout; laissez-moi seulement

le tems de me consulter, de m'instruire, de parler aux gens d'affaires de votre mari; et si je puis le sauver, comptez qu'aucun sacrifice ne me paroîtra trop grand.

En revenant de chez le notaire de M. de Bagneux, Olympia eut la conviction, qu'en balançant les biens de son beau-frère avec la somme de ses dettes, il lui resteroit à peine, après les avoir acquittées, six mille livres de rente.

Lady Sommerset auroit voulu épargner à M. de Bagneux une confusion accablante, mais il falloit bien paroître instruite de ses folles dissipations, pour pouvoir lui expliquer ses intentions. Ce n'est point le moment lui dit-elle d'un ton doux mais ferme, en lui remettant les effets qu'elle venoit de retirer des mains de l'huissier chargé de le poursuivre, de vous reprocher un désordre auquel ma sœur n'a peut-être que trop de part; je trouve juste de venir à son secours; mais pour ne pas rendre vains les sacrifices

que je veux faire, voici en deux mots ce
que je vous propose. Daignez permettre
que je préside à la réforme de votre maison, pour la mettre sur le ton simple où
elle doit être dorénavant; je veux votre
confiance, et je la veux tout entière:
donnez-moi un plein pouvoir qui m'autorise à disposer de tout ce qui vous
reste; c'est à cette condition que je fais
cesser les poursuites ruineuses de vos
créanciers; vos biens, qui vendus à la hâte
seroient donnés à vil prix, conserveront
leur valeur, et de leur produit vos dettes
acquittées, vous pourrez encore vous assurer une existence, sinon brillante, du
moins indépendante.

Alors Olympia entra dans les plus
grands détails : M. de Bagneux l'écoutoit
avec étonnement; il ne pouvoit pas concevoir que tant de raison pût se trouver
réuni à tant de jeunesse, et de son côté
sa belle-sœur se demandoit comment il
étoit possible qu'un homme d'un âge

mûr, pût exposer son bonheur et sa
tranquillité, lorsque l'un dépendoit de sa
volonté, et l'autre de sa prudence. On
achète au prix de sa réputation, de son
honneur, le plaisir d'étaler un luxe qui
à tout prendre n'est qu'une folie dans un
particulier : on sacrifie son repos à la
vanité de donner des fêtes, où ceux qu'on
invite vont comme à un spectacle public,
où chacun croit avoir payé sa place, en
se présentant avec un maintien décent et
une toilette élégante.

Lady Sommerset commença les jours
suivans à établir le plus grand ordre
dans la maison de sa sœur; tout fut mis
sur le pied de la plus sévère économie.
Elle fit vendre les meubles de prix, les
curiosités superflues. Les dettes usuraires
furent réduites; elle obtint du tems pour
payer les autres créanciers; ses grâces
conciliatrices lui soumirent tous les cœurs;
et les gens d'affaires, touchés de sa conduite noble et généreuse, la servoient
avec un zèle et une affection extrêmes.

Ce ne fut pas sans peine qu'Olympia étoit parvenue à vaincre la répugnance de M. et de Madame de Bagneux pour tous ces changemens. En voyant leur maison solitaire et dépouillée, ils étoient combattus entre les regrets, le dépit et la reconnaissance. Le séjour de Paris leur étoit devenu odieux. Lady Sommerset proposa à son beau-frère d'aller passer un an chez un de ses parents, établi à Pétersbourg; pendant ce temps, lui dit-elle, j'emmènerai ma sœur en Angleterre; nous habiterons la campagne jusqu'à ce que vos affaires soient arrangées; alors vous reviendrez à Paris, et vous y jouirez paisiblement de la liberté et du repos acquis par les sacrifices que vous vous imposez aujourd'hui. Cette proposition fut comme un baume délicieux appliqué sur une blessure douloureuse. S'éloigner du théâtre de ses extravagances, laisser le temps au public de les oublier, et de s'occuper d'une autre nouvelle que de celle de son malheur et de sa ruine, étoient pour M. de Bagneux un grand adoucissement à ses chagrins.

Cependant Lady Sommerset a vendu tous ses diamants, et elle a engagé, peut-être compromis, une grande partie de sa fortune pour assurer quelques débris de celle de sa sœur ! Nous savons que bien des gens tourneront en ridicule ces senti-mens exaltés ; le droit chemin de la rai-son, selon eux, n'est autre chose que notre propre avantage. Toutefois nous demanderons à un grand nombre de ceux qui tiennent ce langage, si au milieu de cette tendance générale à l'égoïsme, au milieu de tous les intérêts personnels qui les pressent sans cesse de toutes parts, ils n'ont pas souvent senti que le fond de leur cœur appartenoit plus qu'ils ne le croyoient eux-mêmes, à l'amitié, au dé-vouement, aux liens du sang ? Qu'ils se

rappellent l'émotion délicieuse qu'ils ont
éprouvée après une bonne action, même
lorsqu'elle a été faite sans réflexion et
presque par une impulsion physique. « On
peut affirmer, dit Madame de Staël, que
nous ne rencontrerons jamais le vrai que
par l'élévation de l'âme; tout ce qui tend
à nous rabaisser est mensonge, et c'est,
quoi qu'on en dise, du côté des sentimens
vulgaires qu'est l'erreur. »

Nérévil, loin de chercher à affaiblir les
résolutions généreuses de Lady Sommerset, paraissoit fier d'être aimé d'une femme si accomplie : mais elle ne savoit comment s'y prendre pour lui annoncer la
cruelle nécessité qui pesoit sur elle de
partir pour l'Angleterre; elle sentoit toutes les objections que le cœur de Nérévil
pouvait faire contre ce projet, et elle craignoit de ne point avoir la force de les
combattre. Cependant, d'un autre côté,
dans la situation où elle se trouve, la dé-

licatesse exige qu'elle diffère son mariage: il faut donc partir; elle s'y résout, mais elle ne cache point à Nérévil tout ce qu'un tel sacrifice coûte à son cœur. Vous avez le caractère le plus noble, lui dit son ami, l'âme la plus élevée qui aient paru sur la terre. Puisqu'il le faut, partez, achevez votre ouvrage, mais ne croyez pas que j'aurais l'affreux courage de vivre long-tems loin de vous; je prévois que sous peu des devoirs importans m'appelleront en Angleterre; notre séparation ne sera donc que momentanée, et bientôt nous nous réunirons pour ne jamais plus nous séparer. Cependant plus le moment de cette séparation approchoit, plus elle lui paroissoit difficile à souffrir. Enfin après les adieux les plus douloureux, Lady Sommerset, baignée de larmes, s'enferma dans sa chambre. Lorsqu'on vint lui dire que la voiture était avancée, elle dit : Ah! oui je vois que tout est prêt,

excepté moi. Elle eut cependant la force
de cacher son trouble et sa peine à Madame de Bagneux; elle tâcha même de
la distraire en l'entretenant souvent des
mœurs et des usages de l'Angleterre; et
dans les moments où elle ressentoit trop
vivement les chagrins dévorans de l'absence, elle se disait: J'ai sauvé ma sœur;
sans moi elle étoit perdue; et cette idée
étoit pour elle une puissante consolation.

FIN DU TOME TROISIÈME.